ースガター
May-Be SOFT　原作
布施はるか　著
望月望　原画
PARADIGM　NOVELS 133

登場人物

日向《ひゅうが》 秋人《あきと》

頭脳明晰で、自宅の地下を研究室に改造し、多くの発明品を製造している。透明人間になる薬の開発が最終目的。

日向 桜子《さくらこ》　秋人と同い年の日向家次女。一家の母親的存在で、家事全般をこなす。

日向 翼《つばさ》　屈託のないノー天気な三女で、秋人のことを慕って、よく甘えている。

日向 梓《あずさ》　勝ち気で大酒飲みだが、芯はしっかりしている。さばけた性格の長女。

大林《おおばやし》 礼子《れいこ》　秋人の元担任教師。恋人もなくまじめに生きているが本当は寂しい。

榊原《さかきばら》 理恵《りえ》　良家のお嬢様。犬の散歩中に秋人と公園で出会い、最初の犠牲者に…。

第一章　翼

第七章　梓

目次

プロローグ　予兆

子供の頃《ころ》、誰《だれ》しも一度は尋ねられる質問に〝将来の夢〟というものがある。大人《おとな》になったらなりたいもの、あるいは実現したい望み。文集などではお馴染《なじ》みのテーマだ。たいがいは憧《あこが》れの職業や幸せな家庭を思い描くものだが、希《まれ》に突拍子もないことを言いだす子供もいる。近年世間を騒がせる尋常ならざる事件の当事者にその傾向が強いが、仮に彼らの回答になんらかのメッセージを読み取ることができたとして、その意味するものは本当のところ誰にもわからない。子供達《たち》にしてみれば、単に質問に答えただけなのだ。見過ごしてしまえばそれまでである。マスコミや心理学の専門家が後々騒ごうと、所詮《しょせん》すべてはあとの祭りでしかないのだから。

今ここに、将来の夢を尋ねられて〝透明人間になりたい〟と答えた子供がいたとする。その結果として起こるのは、問いかけた教師の苦笑とクラスメートの失笑、ただそれだけでしかないだろう。答えを告げた本人は、夢観《ゆめみ》がちな子というレッテルを貼《は》られ、誰もその意味するところを理解しようとはしないし、また理解できるものでもない。周囲に笑われたことが、やがてトラウマになるかもしれないなどと気にする者もいない。刻《とき》の流れとともに記憶は薄れていく。記録に残されたとしても、当時の発言にどんな意志が込められていたかを思いだせるとも限らない。殊《こと》に第三者においては、そもそも本気だったのか冗談だったのかさえわからないはずだ。

その日が訪れるまで……。

第一章　ある日、突然に

「くそっ!!」

怒声とともにスチール机を叩《たた》く音が室内に響く。換気扇とエアコンが低く唸《うな》る、蛍光灯に照らされたさほど広くもない部屋。四方を覆うコンクリートの壁に窓はなく、机やドアをはじめとするわずかなスペース以外は大小の棚が取り囲んでいる。そこここにビーカーやフラスコ、メスシリンダー、あるいは種々の計測機器が並び、床の上にもところ狭しと機材や機械やらが置かれていた。

つけっぱなしのパソコンが17インチディスプレイに複雑な化学式を映すその横で、白衣をまとったひとりの青年が何本もの試験管を前に頭を抱える。

「所詮《しょせん》、無理なのか?」

呟《つぶや》きに滲《にじ》む苛立《いらだ》ち。とはいえ、「無理なのか?」という問いかけに諦《あきら》めの色は見受けられない。実際、実験はある程度の成果を得ていた。ただそれが中途半端で完成に至らないだけなのだ。むろん、青年にはそれが問題だった。完成しなければ意味がない。中途半端な成果など結局は失敗でしかない。それまで積み重ねてきた20回の試行錯誤と結果は同じだ。過去20回の試作品から、すでにデータは取り尽くしていた。それを基に、試作ではなく最終的な完成を目指した21回目の今、青年はあと一歩のところまで漕ぎつけていながらも、その一歩がなかなか踏み越えられずに何カ月もあがいている。

「なんだっていうんだ、くそっ!」

どこを調整すればいい？　見当もつかない。あるいは、考えたくもないが、研究を根本から見つめ直さなければいけないのかもしれない。

「いったい、どうすれば……」

焦りが募った。心を騒がす焦燥は、開発ナンバー21が完成しないことからくるものだけではない。突然身に降りかかった予想外のアクシデントによるところも大きい。なにしろそれは、彼の人生を根底から覆すほどのものだったのだから。

開発の停滞がもたらす現状は、そのまま自分の人生と重なって見えた。あまりにも大きすぎる転換を余儀なくされ、戸惑い、苛立ち、もがいている。

開発中のナンバー21の薬液は、このままでは完成不可能だ。自分ひとりではどうにもならない人生と違い、発明とは自らが神になる行為のはずだった。だが彼は今、その行為においても敗者の屈辱を味わおうとしている。

「くそっ、そんなのは嫌だ。何かが足りない……。何かが……」

考え得る可能性を何度も検証するが、これといって思い当たるものが見つからない。研究開発の行き詰まりに加え、唐突に知らされた思いもよらぬ秘密。漠然とした安心の中に暮らしていた変わらぬ日常が終わりを告げた時、陰に陽《ひ》に自分を支えていたはずの土台が突然消え去った時、人は誰《だれ》でもマイナス思考に囚《とら》われるものだろう。青年自身、その卓越したインスピレーションをもってしても先の展望が望めずにいた。

だからこそ振り返る。足りないものは何かと。知識か？　薬品か？

「違う！　やっぱり、発想しかない」

そうだ。転換はマイナスだけではない。プラスの転換もあり得るのだ。マイナスをプラスに変える。勝者としての未来を導きだすためには発想の転換が必要だった。

「気分を変えなくては……」

とにかく、新しい発想をしなければ先に進めない。今の彼にはインスピレーションこそがすべてであり、唯一の心の拠《よ》りどころだった。意を決し、深々と身を沈めていた椅子《いす》からノロノロ立ち上がる。不確かな足取りで閉ざされたドアへと歩み寄る青年を、小さな檻篭《おりかご》の中で餌《えさ》を食《は》む実験用のマウスが見つめていた。


しんと静まり返った家の中、出し抜けに聞こえた不審な物音に、日向秋人《ひゅうがあきと》は玄関ホールへ足を向けた。時刻は深夜。誰かが訪ねてくる時間ではない。覗《のぞ》き込《こ》んだ薄暗いエントランスには、下駄箱にもたれかかるようにしてひとりの女性がうずくまっている。

「梓《あずさ》姉。何をやっているんだ？」

毛先に軽くウェーブのかかった長い髪を掻《か》き上《あ》げ、相手の女性は焦点の定まらない瞳《ひとみ》で秋人を見つめた。気だるい表情が妙に艶《なま》めかしい彼女は、日向家の長女、梓だ。秋人とはたかだかひとつしか歳《とし》が離れていないのに、大人《おとな》びた容姿はそれ以上の差を感じさせる。

梓は面倒くさそうに身を起こした。

「うー。酔ってるの〜」

「それは見てわかる」

ぶっきらぼうに応《こた》える秋人。大学の理工学部に通う彼は、発明を趣味にする天才肌の青年だった。歳のわりにどこか朴訥《ぼくとつ》で気難しそうな印象を与える言動は、あたかも孤高の天才科学者を絵に描いたようにも見える。

一方の梓は学部こそ違えど同じ大学の先輩でもあった。気が強く社交的な彼女は、夜ともなれば日替わりで誰かと呑《の》み歩《ある》くのが常。しかもたいがいにおいて相手は男性で、梓自身呑み代を払ったことがないのが自慢だった。それもこれも、彼女の持つ魅力的な美貌《びぼう》とプロポーションのなせる業《わざ》といっても過言ではない。外面のいい梓は、家に帰るなりだらしのない本性をあからさまに現す。「家族の前で何を気取ることがある？」とは本人の弁だが、外見にばかり目を奪われ酒や食事をおごらされる男達《たち》は、ある意味自業自得ではあるものの、いささか気の毒でもある。

「何よ〜、苛《いじ》める気ィ〜？」

ズイと身を乗りだす梓が酒気を帯びた息を吐きかける。20歳をすぎても酒もタバコもやらない秋人には、少々キツイにおいだった。

「う……。酒くさいぞ」

「当たり前じゃない。呑んで来たんだもん」

それは姉と弟が交わす気兼ねない普段どおりの会話。だが、そう思えたのも昨日までのことだった。少なくとも秋人にとっては……。

したたかに酔う梓は、いかにも足もとがおぼつかない様子でパンプスを乱暴に脱ぎ捨てる。乾いた音を立て、左右の靴が玄関に跳ね、床に転がった。

「今の音は?」

不意に、2階へと続く階段のほうから声がした。身体《からだ》の中心を境に左右色違いのパジャマを身に着けた娘が、不安そうな顔で玄関に現れる。日向家の次女、秋人の二卵性双生児の妹、桜子《さくらこ》だ。彼女も梓の立てた物音に気づいて起きてきたのだろう。

秋人と目が合うなりちょっと困ったように逸《そ》らした視線が姉を見つける。

「あ……。姉さん」

「どうしたのー?」

桜子に続くように階段を降りてきたのは、三女の翼《つばさ》。ダボっとしたセーラータイプのパジャマ姿の少女は、ナイトキャップからはみ出たクセ毛の髪がかかる両目を、眠そうに擦《こす》って、フラフラと秋人に寄りかかった。どうやら半分寝ぼけているらしい。

「やぁ。元気かね、諸君」

期せずして深夜の玄関に勢揃《せいぞろ》いした日向家の子供達。桜子もまた、梓や秋人が通う私立明美《めいび》学園大学の文学部に籍を置く。学園の高等部に在籍する翼まで含め、日向家の娘達は評判の美人姉妹だった。そんな3姉妹と、唯一の男子である秋人。母親を病で亡くして久しく、父親も今朝から2週間ほどの海外出張に出かけているので、家に残る家族が一堂に会したことになる。もっとも、〝家族〟というものの定義にもよるのだが……。

「ムフフ～、桜子ォ～！」

「きゃっ⁉　姉さん！」

絡むようにしてしがみついた梓に桜子が声をあげた。ほろ酔い気分どころか完全に泥酔した梓は、さも愛《いと》しそうに妹に頬《ほお》ずりをしている。

「呑みすぎたのね、姉さん」

「そうでーす、酔ってまーす！」

玄関ホールにこだまする高らかな梓の声。そこでようやくハッキリ目を覚ました翼が、秋人からさっと身を離し、キョトンとした表情でふたりの姉の顔を交互に見つめた。

「お姉ちゃん、顔赤いよ」

「翼～、出迎えご苦労ー」

末妹に応える梓は、しがみついていた桜子の身体に体重をのせ、前のめりになる。途端に、支えきれなくなった桜子が梓もろともペタンと尻餅《しりもち》をついた。

「姉さん？　大丈夫？」

問いかけにも応じず、桜子の太腿《ふともも》を枕《まくら》にうずくまる梓。その傍《そば》に歩み寄り、翼が指先でツンツンと長姉の腕をつつく。

「寝てる……」

一同が見守る中、いつの間にか梓は安らかな寝息を立てていた。

「気持ちよさそうな顔だな」

「う～。まったく人騒がせー」

秋人と翼の呟きに、ひとり桜子だけは心配そうな表情で梓を見つめる。

「姉さん、どうしてだろう？　こんなに酔って……」

「春休み中だし、調子に乗ちゃったんだよ、きっと」

日頃《ひごろ》から何かにつけて梓とやり合っている翼が肩を竦《すく》めて言った。むろん、ふたりはいがみ合っているわけではなく、誰にでもちょっかいを出したい長姉と誰からもかまってもらいたい末妹がじゃれ合っているにすぎない。そんなふたりが騒々しいコミュニケーションを始めると、秋人は傍観者に徹し、桜子は調停者となる。それは今この場でも同じらしく、各々《おのおの》自分の役割を存分に果たしていた。

「そんなことはないと思うわ。本当は、人一倍自制の利く人だから」

思わず顔を見合わせる秋人と翼。長い間一緒に暮らしていても、ついぞ気づかなかったことだ。

「あ、ここで寝ちゃ……。姉さん起きて、ここで寝たら風邪ひくわ」

桜子が梓の肩を軽く揺する。けれど泥酔した長姉は、そのまま泥のように眠っていた。

「完璧《かんぺき》熟睡してるね……」

「ええ。どうしようかしら？」

途方に暮れる桜子がため息をつく。

3姉妹からわずかに離れた位置に立つ秋人は、やや苛立ち混じりに彼女達のやり取りを眺めていた。特に桜子の態度が気に入らない。つい先日までなら、こんな場合の対処方法など火を見るより明らかだ。どういうつもりか敢《あ》えてそれを口にしない桜子に、神経を逆撫《さかな》でされた思いでいた。結局、秋人は自らおもむろに口を開く。

「俺《おれ》が梓姉を部屋に連れていくよ」

「ごめんなさい……」

「桜子が謝る必要はないだろ？」

言っておきながら、秋人は自分が皮肉じみた物言いをしてしまったことを恥じた。それを察したのか、「でも……」と言いかけた桜子が同意の頷《うなず》きを見せる。

「そ、そうね……。うん、じゃあお願い」

伏せがちな視線と、いつもより遠慮気味な態度が気に障《さわ》った。それでも感情を表に出さずに済んだのは、秋人の心に「所詮はこんなものさ」という半ば諦めに似た思いがあったからだろう。身を起こそうとする桜子を手伝い、慎重に梓の腕を肩にかけて背負う。ふたつのゴム鞠《まり》のような感触が背中に伝わった。あるいは桜子が気にしたのは、そのせいだろうかとも思う。だが、いずれにしても今の秋人にはどうでもいいことだった。

「重い……」

「誰がよォ～」

間髪入れずに洩《も》れる梓の声。怪訝《けげん》そうな翼がすかさずツッコミを入れる。

「お姉ちゃん起きてるんじゃ？」

「寝言だろ」

ぶっきらぼうに応じる秋人に、今度は桜子が口を開いた。

「大丈夫？　手伝う？」

「ふたりとも寝てたんだろ？」

あくび混じりで「うん」と頷く翼。一方の桜子は複雑な表情をしてうつむいている。

「わたしは……、考えごとをしてたから……」

「あとは梓姉を運ぶだけだから、部屋に戻って休んでくれてていい」

そう言って半ば強引にふたりの妹を先に2階へと上げた秋人は、小さくため息をついてから無造作に階段を昇り始める。耳もとにかかる梓の寝息と自分の足音が、奇妙にシンクロしたリズムを奏でる。秋人には、桜子が何についての考えごとをしていたか察しがついていた。なぜならば、彼自身もまた、桜子と同じことで心を煩わせていたからだ。桜子も相当動揺しているようだ。翼にしても普段と比べて様子がおかしかった気がする。考えてみれば、今こうして背中で感じるこの姉とも血が繋《つな》がっていないことになる……。

秋人はぼんやり考えていた。父親がうっかり口を滑らせたことで、今さらこんな事実を知ることになろうとは！　自分が血の繋がらない養子であるなどと……。

そもそも、今まで父親以外誰ひとりこの事実を知らなかったことのほうが驚きにも思えた。戸籍を見れば一目瞭然《いちもくりょうぜん》なのに、だ。幸か不幸か、日向家の子供達は未《いま》だかつて誰ひとり戸籍を見たことがなかった。

膝《ひざ》の笑う足で階段を昇りきった秋人は、突然義理の姉となってしまった梓の部屋の前に立つ。ふたりの妹はすでに各々の部屋に戻っていた。静まり返った深夜の廊下、さほど大きくもない背に身を預ける梓は、ぐっすり寝入っている。そんな彼女を腰を曲げて背負い直し、ドアノブに手を伸ばした秋人はそこでハタと気がつく。

いつの頃からか、梓は自分の部屋に鍵《かぎ》をかけるようになっていた。もちろん、鍵のかかる場所は他にもいくつかある。秋人が実験室として使っている地下室もそのひとつだ。けれど、それには危険防止などの明確な理由があるのだが、殊《こと》梓の部屋に限ってはさしたる理由も告げられていなかった。だいたいにおいて、父親をはじめ桜子や翼、秋人においてさえ、自分の部屋に鍵をかけたりなどしていないのだから。

「梓姉、鍵はどこだ？　おい、梓姉！」

「にゃ〜……」

何度か身を揺すってみたものの、まともな答えが返ってくる気配もない。慢性的な運動不足が祟《たた》り、すでに足や腕、それに腰までがだるくなっていた。どうしたものかと途方に暮れる彼は、仕方なしに慎重に回れ右をして自分の部屋のドアを開けた。そのまま、よろめくようにベッドへと腰を降ろし、梓の身をドサリとシーツの上に横たえる。

「ん〜……」

「梓姉、目が覚めたか？」

「んーん……」

「どっちなんだ？」

秋人の問いかけを無視するように、ゴロゴロ寝返りを打つ梓は枕に顔を埋めている。

「とにかく起きたなら鍵を渡せ」

「ない……」

寝言とも取れる返事。深いため息をつき、秋人は天井を仰いだ。

「起きたらちゃんと自分の部屋に帰れよ。それと聞こえてないだろうが、ちゃんと着替えてから寝ることを……」

その途端、不意に秋人の首筋へと腕が伸び、声をあげる間もなく梓が唇を寄せてくる。

第一章　ある日、突然に

「なっ⁉」

「ん……。ん……、んん……」

かすかな喘《あえ》ぎを洩らし、柔らかな朱唇が弟の唇を食む。アルコール臭を含んだ湿った息とともに、柔らかな舌先が口腔内《こうこうない》へ滑り込む。突然の出来事に唖然《あぜん》とする秋人は、身動きひとつできずに梓のなすがままだ。

ほどなく……、時間にしてほんの30秒くらいだろうか、何事もなかったかのように唇を離した梓が、ズルズルと力なくベッドに倒れ伏した。

「あ……、梓姉！　ね、寝てるのか？」

返事はない。玄関で見せたのと同じく、梓は心地よさそうな寝顔で安らかに寝息を立てている。対する秋人は動揺を隠せずに酷《ひど》く狼狽《ろうばい》していた。

「さ……、さてと、地下室で実験を続けるか」

上擦った声でひとりごち、秋人はベッドから腰を上げる。口の中に溜《た》まった、わずかにアルコールの味がしみつく唾液《だえき》をゴクリと呑み込み、右の拳《こぶし》でグイと口もとを

拭《ぬぐ》う。手の甲に薄っすらとルージュの色がついた。ギョッとする秋人は慌ててティッシュで拭《ふ》き取《と》る。

忘れよう。理解できないことは考えないようにするべきだ。心の内でそんなことを考えながらチラリと梓に目をやると、いつの間にか彼女はちゃっかり布団にくるまっていた。いい気なものだ！　多少の苛立ちを覚えつつ、秋人は部屋をあとにする。どうせ今夜も実験に没頭するのだから、梓がベッドを占領していてもなんら問題はなかった。

1階へ降り、そのまま彼のラボとなっている地下室への階段を下ると、扉の前で体育座りをしている翼を見つける。

「お兄ちゃん……」

「どうした？」

「う、うん……、別に」

言葉とは裏腹に、どこか思い詰めたような表情の末妹は、ノロノロ立ち上がった。

「そ、そういえば、お姉ちゃん……。今日出かけてたんだね」

「ん？　ああ、みたいだな」

話題の主は梓である。秋人も翼も、この時間になるまで彼女の姿を一度も見ていなかった。どうやら朝から出かけていたようだ。結果、父親の見送りにも居合わせなかったわけで、秋人が養子であるという話を梓は聞き得なかったことになる。

もっとも、梓は梓で何かしら心を煩わせることがあったのではなかろうか？　秋人はそう考えていた。もしもそうであるのなら、珍しく朝から出かけていたことや、桜子の指摘したような酔い方、さらには秋人の部屋でのハプニングについても一応の説明がつく。

「お兄ちゃんどうしたの？」

不意に翼が訊《き》いた。

「顔が赤いよ。何か恥ずかしいコトあったの？」

「そういうわけじゃないが……。そ、それより寝なくていいのか？」

あからさまに動揺する秋人の唇に、もはや義理の姉となってしまった梓がした意図不明のキスの、柔らかな感触が甦《よみがえ》る。そんな彼へ、これまた義理の妹となった翼が言った。

「お兄ちゃん……、抱っこして」

「え？」

「抱っこして欲しいの、小さかった時みたいに……」

「何言ってる？　急にどうし……」

最後まで言い終える暇も与えず、翼は秋人の胸に飛び込む。

「お、おい翼！」

パジャマの上からでもわかる少女特有の弾力的な身体が、秋人をギュッと抱き締めた。

ふっくらした頬と最近とみに成長著しい胸がグイグイ押しつけられ、かすかに匂《にお》う甘酸っぱい香りが鼻孔《びこう》をくすぐる。秋人は慌てながらも、いつになく感情的な翼を気遣い、首にまわっていた腕をそっと解《ほど》いた。

「どうしたんだよ、翼？」

「だって……、お兄ちゃんは、お兄ちゃんだもん！」

「わけがわからないが……」

「血が繋がってなくても……、お兄ちゃんって呼んでいいの？　翼のお兄ちゃんでいてくれるの？」

言われた秋人は言葉を失う。対する翼はうつむいたまま続けた。

「翼、わかっちゃったんだもん。お父さんが言ってた時はよくわからなかったけど、そのあと、翼、桜子ちゃんに説明してもらったんだよ」

「桜子が？」

訊き返す秋人。桜子が翼に説明したことを知って、何か腹立たしいものを感じる。

「桜子ちゃん、大事なことだからって、翼がわかるまで説明してくれたの」

秋人と桜子が一瞬にしてすべてを理解してしまった今朝、翼はひとり蚊帳《かや》の外だった。

そもそも、そんな大事な話を外出前のドサクサに紛れて不用意に告げてしまった父親にも責任がある。日頃から冗談めかした言動が多いこともあって、翼には単なる洒落《しゃれ》としか思えなかったのだ。けれど、秋人が養子であるということは、家族みんなが知っていて然《しか》るべきことかもしれない。生真面目《きまじめ》な性格の桜子なら、そう考えたのも当然だろう。それ故《ゆえ》に翼は事実を知り、今こうして秋人の前で肩を震わせている。

「どうなの？　お兄ちゃん！」

秋人が差し伸べる手を、翼は揺れる瞳で追った。

「心配するな。何も変わりはしない」

ポフっとナイトキャップの上に置かれた手が翼の頭を優しく撫でる。

「ホント？　お兄ちゃん」

「ああ、今までのままだ」

秋人は頷き、ぎこちなく笑った。

「よかった……」

翼の表情が和らぎ、もっと撫でてと言わんばかりに頭を差し出してくる。

「大丈夫だ、翼……」

「うん。じゃ、桜子ちゃんが言ってたことは、気にしなくていいんだね」

「桜子はなんて？」

「うん。お兄ちゃん、もしかしたら気にして家を出てくんじゃないかって……」

「そうか」

「でも、もう安心したよ。えへへ……。おやすみなさい、お兄ちゃん」

不安を打ち消すような笑顔を向ける翼。まだまだあどけなさの残る少女には、やはり笑顔が一番似合う。それは誰もが認めるところだ。実際秋人も、翼が見せた笑顔を純粋に可愛《かわい》いと感じていた。むろん妹として……、いや、もう義妹になってしまったのだが……。

その夜遅く、正確には東の空が白み始めた頃、秋人の実験はついに成功した。

第二章　開発ナンバー21

ぼやけた視界の中、おもむろに目覚まし時計を見た秋人がゆっくり身を起こす。時刻は昼をとうに過ぎていた。春休み中とはいえ、こんな時間まで眠ったのは久しぶりだ。

体がだるい。連日の睡眠不足が祟《たた》ったのか、8時間以上寝ているにもかかわらず、少し目眩《めま》いがした。すぐにまた横になり布団を被《かぶ》る。心地よい温《ぬく》もりの中、秋人はふと考えていた。今日はこんな時間になっても、桜子が起こしに来なかった。もっとも、昨日の今日では、大抵のことでは動じないマイペースな桜子をもってしても、気まずくなって当然だ。

ずっと当たり前のように思ってきた関係が覆されてしまった。その事実に直面した時、誰《だれ》だって動揺するものだ。今後、今までどおりに接することができるのだろうか？　もしかしたら、ある程度距離を置くことを考えているかもしれない。

どちらにしても、桜子はしっかりとした性格の娘だから、きっとすぐに感情を整理し、自分なりの答えを見つけることができるはずだった。

一方の秋人は意外にあっさりした気分でいた。1日経《た》ったことで、ショックもかなり薄れている。実際、どうということのないようにも思えていた。その考え自体が一般的でないことは理解しているが、彼自身、自分がいわゆる情の薄い人間であることを充分に自覚している。それにも増して、今の気分を形作る最大の要因は、実験の成功によるところが大きい。その勝利の余韻が心の中に生じた亀裂《きれつ》を塞《ふさ》いでいるのだ。

世の中には覆すことのできない真実がある。秋人が日向家の人々と血の繋《つな》がりがないのも真実なら、彼が子供の頃《ころ》から望んでいたスガタを見えなくさせる薬〝細胞透明化薬〟の開発に成功したのもまた真実の事柄……、すなわち事実であった。

行き詰まり、停滞していた開発は、ほんの些細《ささい》な発想の転換によって驚くほどすんなりと完成してしまったのだ。発想を転換させるきっかけを作ったのは、皮肉にも秋人の心を煩わせた血の繋がりに対する真実であり、家族が見せた微妙な心理状態の変化だった。

開発ナンバー21として最終的な完成に至った薬は、むろん世紀の大発明だ。そうした発明は世に発表されてこそ意味がある。けれど秋人は、すべての研究開発に対し、自己満足以外の興味を示さなかった。それを利己的と取るか、あるいは単に純粋と受け止めるかは判断の難しいところ。いずれにしても、彼は薬品を世間に公表することなど微塵《みじん》も考えていなかった。なぜならその薬は、たったひとつ、あることを試すためだけに開発されたのだから。そして、試しの時は近づいていた。

「クックックッ……」

低い笑い声が洩《も》れる。そこには勝利者の優越と奢《おご》りが滲《にじ》んでいるようにも思えた。実際秋人は、殊《こと》学問的な分野においては、自分より劣ると判断した相手を完全に見下すきらいがあった。たとえそれが目上の相手であろうとも、だ。そんな気質が彼に友人を与えず、結果的に研究へとのめり込ませていったのは否定できない。

「何か不気味よ、秋人」

不意に耳もとで声がして、秋人はガバッと身を起こした。その拍子に、うっかりベッドから転げ落ちる。うろたえる視線の先で、もっさりした表情の梓が見つめていた。

「あんたがそんなふうに笑うとこ、久々に見たわ」

言いながら、大きなあくびをひとつする梓。よく見れば、当然ながら彼女は昨夜と同じ服を身に着けている。そんな長姉を目の当たりにし、秋人は自分の迂闊《うかつ》さを呪《のろ》った。昨夜遅くに帰宅した梓を、自分のベッドに寝かせたまま忘れていたのだ。開発の成功と、その安堵《あんど》からくる強烈な眠気のせいで、明け方ベッドに潜り込んだ時にも気づかずにいた。彼が昼をすぎても起きれなかった理由のひとつには横に寝ていた梓の温もりが関係していたし、驚いて身を起こした拍子に転げ落ちるほど端に寝ていたのも先にベッドを占領していた彼女が原因なのだが、それに思い至るほどの冷静さを持ち合わせてはいなかった。

「ねぇ、聞いていい？　あたし、なんでここにいると思う？」

問われたことに答えようとして思いだされるのは、梓をベッドに寝かせた直後の記憶。強引に忘れ去ろうとしていたキスの事実。お陰で言葉も出せない。

「オマケに、おっぱい触ったでしょ？　しかもナマで。正直に答えたほうが身のためよ」

追い討ちをかけるように梓が言った。その突拍子もない言葉に、ようやく秋人は掠《かす》れた声を搾りだす。

「なっ、何言ってんだ⁉」

「だって、ブラのホックが外れてるのよ」

「寝相だろ！　俺《おれ》は知らない！　だいたい俺は明け方まで地下室にいたんだ」

「それと、こんなに密着して寝てたのとは関係があるの？」

「密着してたかどうかは知らないが、地下室から戻っても、眠気で気づかなかったんだ」

「ホントーでしょうね？　いくら血が繋がってないからって、変なことしたら……」

「なんでそのこと知ってるんだ、梓姉？」

「そのことって……。あー！　あんたやっぱり何かしたの⁉」

「違う、そうじゃない！　血が繋がってないことだ！」

声を荒げはしたが、すぐに秋人は冷静になっていた。たちまち立場が逆転する。

「え？　あ……、あたし、そんなこと言った？」

「言った」

「い、言ってないわ。秋人こそ妙なこと言うわね。まるで血が繋がってないってことに確信を持ったふうな口ぶりだけど？」

「俺達《たち》は昨日、親父《おやじ》の口から直接聞いた」

「え？　父さんが言ったの？　わざわざそんなことを⁉」

「口を滑らせたといった様子だったが、桜子も翼も、もう知っている」

「そう……なの」

梓の狼狽《ろうばい》は、怒りとも悲嘆とも取れない複雑なものに変化していた。

「梓姉、知っていたんだな？」

それは紛れもない事実であろう。なおも追及しようとする秋人の耳に、末妹の舌足らずな声が届いた。

「お兄ちゃ～ん！　起きてるぅ～？　入るよぉ～！」

言うが早いか、勢いよくドアが開く。室内に躍り込むなり、ベッドに横たわる長姉と目を合わせる翼。

「お姉ちゃん!?　なに……やってるの？」

素《す》っ頓狂《とんきょう》な声をあげる妹。対する梓はこともなげに答える。

「添い寝」

「そ、そうなんだ……」

完全に納得したかどうかは疑問だが、それでも翼は状況を理解しようと、秋人と梓を交互に見比べていた。するとそこへ、今度は桜子の声がする。

「どうしたの？　翼？」

怪訝《けげん》そうな表情で現れた桜子もまた、ベッドの上の梓に目を丸くした。

「姉さん？　どうしてそんなところに？」

「どうしてでしょう？　実はあたしもよくわからないんだけどね。でもとりあえず、一緒に寝ちゃったことは事実かも」

梓が口にするセリフは、断片的すぎて却《かえ》って話をややこしくするものだった。秋人はすかさず事情を説明してことなきを得る。と、ふたりの妹の呆《あき》れた視線を躱《かわ》すように、ベッドを抜けだした梓はそそくさと部屋から立ち去ろうとした。

「梓姉」

「なぁに？　あたしのせいにする気？」

「いや、さっきの話。なんで梓姉が血の繋がりがないってことを知っているんだ？」

再び目を丸くする桜子。翼もキョトンとして長姉を見つめる。

「姉さん、もう知っているの？」

3人の視線の集中砲火を浴び、さしもの梓も観念したようだった。

「偶然だったのよ。3日前……、月曜日だったかな？」

彼女が言うには、友達と呑《の》んで夜遅く帰ってきた時に、リビングから聞こえてきた話声を耳にしたらしい。それは父親と北海道に暮らす叔父《おじ》との電話での会話で、友人の子供を引き取ったことに対する口論だった。その最中、「もういい加減放っといてくれ！」と怒鳴った父は、養子とした秋人が、自分と亡くなった妻との共通の友人である優秀な科学者夫婦の子供だったこと、さらにその友人夫婦が20年近く前に飛行機事故で他界していることをも口にしたと言う。

「そこまでは知らなかった」

秋人がポツリと呟《つぶや》いた。しまったとばかりに梓の表情が強《こわ》ばり、桜子が口を挟む。

「姉さん！　それを月曜日から知ってたの？」

「うん……」

「どうして教えてくれなかったの!?」

「それは……。だって、当然でしょ。姉なんだから、軽々しく言えるわけないじゃない」

「それでも……」

「あたしだって、お酒に逃げるくらい、ひとりでいろいろ悩んだわ。でも、できることなんて黙ってた父さんへの怒りを堪《こら》えるくらい」

「姉さんの言ってることもわかるけど……」

なおも何かを言おうとする桜子の横から、それまで黙って事態の推移を見守っていた翼が割って入った。

「もういいよー、血が繋がってないとかそんなこと。関係ないもん！　お兄ちゃんは、お兄ちゃんだもん！」

それきり重苦しい沈黙が室内を支配する。秋人には、3人の姉妹があたかも哀れみの眼差《まなざ》しで自分を見ているような気がしてならなかった。

だが、なんのために？　今さら、話の中だけでの会ったこともない両親になど、なんの感慨も湧《わ》かない。なんでもない。気になどしてはいない。つまりは、どうでもいい。それが本音だ。そんな言葉をあっさり言い放つ自信はある。ただ、それを言ってしまったら、現状がどう変化するか予想できないから言わないだけだ。秋人はそう考えていた。

なんにしても、家族の内で唯一何も知らないと思われていた梓さえもが事情を知っていたことで、秋人の気持ちは明確になっていた。これ以上この話題に拘束されるのはうんざりだ。現に、この場にあっても彼の関心事は、完成した薬のことへと移りつつある。

「すまないが、ひとりにしてくれ」

秋人の言葉に逆らう者は誰もいなかった。


春の陽《ひ》は西の空へと大きく傾いている。散歩と称して家を出た秋人は、ひとり公園に赴いていた。都市部の緑化計画に基づいて設計されたその公園は、小さな雑木林や人工の小川などを有し、それなりの広さを誇っている。春休み時期とあって昼間は親子連れやカップルで賑《にぎ》わうものの、照明が灯《とも》ろうかという時刻では人影も疎《まば》らだ。

秋人は周囲の様子をうかがい、やや奥まった場所にある公衆トイレへと足を向けた。落ち着きなく腕を突き入れたブルゾンのポケットには、開発ナンバー21がある。薬液を加工してカプセルに封じ、常備しやすい経口薬にしてあった。彼はそれを試すつもりでいた。

ナンバー21は、すでに実験用のマウスでのテストを終えている。効果は絶大。まさに目を見張るばかりのものだった。家を出る前に確認した限りでは、マウスにはなんらの副作用も見受けられなかった。ならば次は、いよいよ自分自身で試す番だ。

管理が行き届いたトイレの中は思いのほか綺麗《きれい》だった。ちゃんと鏡もある。秋人は鏡の前に立ち、ポケットからカプセル剤を摘《つま》みだした。

手にしたカプセルから目を上げ、鏡に映る自分を見つめる秋人。その顔は蒼《あお》ざめ、頬《ほお》の筋肉が緊張に引きつっている。

「いざとなると、さすがに……」

秋人にも抵抗がある。本当に試してもいいものか？　万が一の時の対処はどうする？　薬は開発できた。マウスによる実験も成功済みだ。なのになぜ、今さら怖《お》じ気《け》づいているのか？　鏡の中の自分へと矢継ぎ早に問いかけを送る。

この時秋人は、無意識にだが、薬の効果がもたらすであろうその後の産物を予感し、躊躇《ちゅうちょ》していた。しかし、子供の頃からの夢である透明人間になること、そのための薬が完成したことからくる興奮が、彼から冷静さを奪い、躊躇の意味を理解しようという気すら起こさせなかった。それだけに秋人は、いつになく慎重な自分に焦りを抱いた。

マウスを使った実験の結果、薬の効力は恒久的なものではなく、ある程度の時間を経過すればもとに戻ることが実証されている。反面、それがたった一度の実験によるデータであることも事実だ。人間に試すというのなら、本来もっと時間と回数を重ね、徹底的に検証すべきなのだ。むろん彼には自信があった。同時に一抹の不安もある。どうしても、もとの〝スガタ〟に戻れなかった時のことを考えてしまう。

万が一もとに戻れなくなったとしても、家族は自分を受け入れてくれるだろうか？

家族……。だが、彼の本当の家族は、20年も前にこの世を去っている。そして、物心ついた時から家族と信じてきた人々は……。

ふと、鏡に映る自分の顔が敗者のそれに見えた。蒼ざめ、焦燥し、怯《おび》えている。

家を出る時、聞くとはなしに聞いてしまった桜子の言葉が思いだされる。それは単に秋人を心配しての他愛のないセリフだった。にもかかわらず、彼は何か苛立《いらだ》ちに似た感情を覚えたのだ。大袈裟《おおげさ》すぎる。度を越えた心配は、偽善にも思えて不愉快だった。

もしも秋人に普段の冷静さがあったのなら、自分がある種の被害妄想に陥っていると分析できたはずだ。けれど、不幸にして彼の精神状態は客観性を欠くほど揺れていた。自身の発明に対する不安は、同時に自らの存在理由すら否定することになる。知らずしらずに秋人は、それほどまで自分を追い詰めていたのだ。だから……。

「戻れなくなってしまっても、俺は……、構わないっ！」

ついに秋人は決断した。すべての不安は、かつて本当の家族と信じて疑わなかった者達に対する理不尽な憤りの前に鳴りを潜めた。手にしたカプセルを口の中に放り込み、ゴクリと呑み込む。腕時計にチラリと目をやり、あとは鏡との睨《にら》めっこだ。

鏡に映る自分から一瞬たりとも目を離さずに左拳《ひだりこぶし》を顔の横にかざす。映り込んだ腕時計が服用後3分を経過したことを告げていた。見た目の効果はまだ出ていない。しかし、体調には変化が現れ始めていた。指の先から全身に至るまで、不自然なくらい力が抜けている。それは秋人を、まるで宙に浮いてでもいるような、あるいはすべての感覚が失われていくような気にさせる。……と、思う間もなく、突如目の前がブラックアウトした。同時に、すべての感覚が実際に麻痺《まひ》してしまう。身動きひとつできず、見ることも聞くことも叶《かな》わない。周囲の状況はもちろん、自分についてさえ何ひとつ把握することができない。残されたものは思考する意識だけ。

これは……、〝死〟なのか？　まさか！　そんなはずはないっ!!

湧き上がる恐怖を必死で払《はら》い退《の》けた瞬間、唐突に一部の知覚が戻った。真っ先に感じたのは得体のしれない圧迫感。いいや、正確には自分の体内の中心に強力な重力場が形成されたかの如《ごと》く、上下左右から内へ向かって引っ張られる感じだ。やがて、かすかな痺《しび》れを感じた。ゾワゾワとした感触が末梢《まっしょう》部分からだんだんと体の中心に集まってくる。それに合わせ、血管の中を血液が流れてゆくのが感じ取れる。体内を巡《めぐ》る血流の音が未《いま》だ回復しない視界の闇《やみ》に轟々《ごうごう》とこだました。

ゆっくりと、だが確実に感覚が戻ってくる。不気味な痺れは背筋に居座り、全身の皮膚がチクチクと痛む。そうこうするうちに、視覚以外のすべての感覚が甦《よみがえ》った。

感覚の戻った自分の体を確かめるよう、両足を踏ん張り、何度となく拳を握り締める。ほどなく視覚も戻ってきた。ぼやけた視界に鏡が見える。首を回して息を吐き、背筋を伸ばす。別になんともない。もう、痛みもない。

いったいどれほどの時間が経過したのか？　秋人は、焦点が定まりきらない瞳《ひとみ》を、腕時計へと落とした。すると……。

「手が……ない⁉」

声を出した拍子にピントがはっきりする。錯覚ではない。確かに手がないのだ。ブルゾンの袖口《そでぐち》に腕時計が浮いていた。慌てて鏡へ向き直る。喰《く》い入《い》るように顔を近づけた先には背後の壁だけが映っていた。

「す、凄《すご》い！」

成功だ。スガタは完全になくなった。自分の顔がある辺りを透明になった手で触れてみる。頬と手の両方に感触が伝わる。体温さえ感じる。むろん当然といえば当然だ。スガタがなくなったと言っても肉体が消滅したわけではない。視覚的に認知できないだけなのだから。気持ちの高ぶりが手に取るようにわかった。喜びに浮かれながら、肩を回したり、首を振ってみたりする。鏡の中では、ＣＭのＳＦＸ映像よろしく、服だけが動いていた。

「そ、そうだ！　今の俺は、周りからも透明に見えているんだろうか？」

実験には検証がつきものだ。自分の視覚だけで結論づけては客観性に欠ける。そっとトイレから抜けだした秋人は、手近な茂みへと急いで飛び込んだ。

太陽は完全に西の空に没し、商店街は買い物客や家路につく人々で賑わっていた。夕闇に包まれた街路に白色の明かりが灯り、行き交う車もヘッドライトを点灯させている。人工の光に照らされた街は、それでもなお多くの場所に暗闇を残していた。

裸足の足の裏に冷えたアスファルトの感触。時折吹くそよ風が、火照った裸身を心地よく撫《な》でる。狭い歩道の隅、いかがわしい雑誌の自動販売機が影を落とす小さな闇の中に、秋人は息を潜めて立っていた。

公園の茂みで全裸になった彼は、服をその場に隠し、すぐ近くを走る私鉄の線路沿いに連なる商店街をひと駅分も歩いて来たのだ。途中、多くの人々とすれ違ったものの、誰ひとりとして全裸の青年に気づきはしなかった。それは、〝裸の王様〟とは違う。ヌーディストと目を合わせるのを避けているのではない。見てみぬふりをしているわけではなく、明らかに見えていないのである。

開発ナンバー21がもたらす効果は客観的にも証明された。その興奮に震え、秋人はとある建物を眺めていた。道路を挟んだ向い側に開かれた間口の広い入り口には、濃紺の地に〝ゆ〟という文字が白抜きされた暖簾《のれん》がかかっている。

透明人間になりたい。秋人が初めてそれを口にしたのは小学生の時だった。当時の担任やクラスメートの反応が、それはそれは冷ややかなものだったことは言うまでもない。最も好意的な意見であってさえ、「女湯が覗《のぞ》けるもんな」といった類《たぐい》のものだ。以来、秋人のアダ名は〝透明人間〟となり、年月を重ねるうちにその意味も歪《いびつ》に変化していった。孤独な天才を地でいく子供時代をすごした彼は、周囲からは浮き上がり、敬遠され、ついには相手にされなくなった。それはある部分において秋人自らが望んだことではあるが、彼は空気のような存在としてクラスメートから〝透明人間〟と呼ばれるようになった。そして今、彼は文字どおり〝透明人間〟となったのだ。

街頭実験で満足いく結果を出したものの、薬の効果はまだしばらく切れそうにない。この状態で帰宅するわけにもいかないので、どこかで暇を潰《つぶ》す必要があった。そこで秋人が思いついたのが、かつてクラスメートに言われたあの行為だった。

折りしも、サンダル履《ば》きの若い娘がひとり、暖簾の揺れる入り口へと歩いていく。暗がりから躍り出た秋人は、道路を渡り、その娘の背後に忍び寄った。娘はなんら気づいたふうもなく、暖簾をくぐり、下駄箱にサンダルを入れて、曇りガラスの戸を開ける。その先は広い脱衣所だ。後ろ手ですぐに戸を閉めようとする娘を押し退け、秋人は脱衣所へと足を踏み入れた。いきなり突き飛ばされた格好の娘がバランスを崩してよろめく。だが、相手が見えない。訝《いぶか》りの表情を浮かべたのも一瞬、周囲の視線を気にしてか、取《と》り繕《つくろ》った澄まし顔を作る娘は、戸を閉め直し、番台に料金を支払った。

娘から離れ、秋人は脱衣所の隅に立つ。透明人間とは言っても、所詮《しょせん》はスガタが見えないだけだ。肉体が物理的に消滅したわけではない。行動にはそれなりの制約やリスクが生じる。だから彼は、息を殺し、ただ立ち尽くしていた。

なんのためにここに入ったのだろう？　もともと秋人は異性に対して関心を抱いたことがない。世俗的なことには、とんと興味が湧かなかったのだ。そんな彼が銭湯の女湯に侵入したのは、子供の頃のクラスメートの言葉にどれほどの意味があるのかを知りたかっただけでしかない。そして今、朴訥《ぼくとつ》な青年の目の前には、艶《なま》めかしい光景が広がっていた。

偶然にも脱衣所にいたのは若い娘ばかり。服を脱ぐ娘、バスタオルを胸に抱く娘、濡れた裸身をさらす娘……。彼女達はひとりとして、全裸の男が見つめているなどとは気づいていない。まったく無防備に乳房や下腹部さえも露出させている。

生まれて初めて見るナマの女性の裸。当初は純粋に行為の意味を追求していた秋人も、しだいに女体への構造的興味を抱き始めていた。ふくよかにたわむ肉房、くびれたボディライン、なだらかな曲線が織り成す神秘的な下腹部。それらは、秋人の心が持つ審美的サブシステムを刺激し、イマジネーションを掻《か》き立《た》たせ、理性の奥底に隠された本能を呼び醒《さ》ます。ましてこの場所は、石鹸《せっけん》やシャンプー、そして女性特有の甘い匂《にお》いに満ちた空間なのだ。透明人間になったことで得た興奮や火照りが、いつしか別物としてある部分に集中したとしても不思議はない。もっとも彼にとって、それは未知の感覚に近かった。

特に秋人は、ちょうど正面にいた娘に目を奪われていた。彼女の容姿はどことなく桜子に似ていなくもない。そう、言うなれば5年後の桜子とでもいった印象だ。

長い髪を結ったその娘は下着姿で、ホックの外れたブラのカップから豊かな乳房をのぞかせていた。かすかに暖房がかかり、風呂場《ふろば》への出入りのたびに湿気を含んだ空気が漂いだす脱衣所で、彼女の柔肌は薄っすら桜色に染まり、双丘の頂には色づく乳輪が花開いている。眺めているだけで、肉の柔らかみが手に取るようにわかる。

だがしかし、秋人はそんな実在論的考察では満足できなかった。柔らかいかどうかをプラトン哲学的な解釈だけで済ますのは納得いかない。飽くまで実証あるのみ。

ユラリと肩を揺らし、慎重に足を繰りだす。文字どおり手にとってわかるために、そっと右手を伸ばす。

……と、その時だった。

秋人の視界に、いくつもの細かな水滴が入る。奇妙なことにその小さな水玉は、どれも重力を無視して宙に浮

いていた。あまつさえ水玉の列が、見えない腕の輪郭《りんかく》を形作っている。どうやら風呂場から洩れ出た湯気が体に付着し、結露したらしい。

このままでは透明であっても存在がバレてしまう。我に返り慌てて腕を引っ込めた秋人は、後先考えずに脱兎《だっと》の如く銭湯から逃げだした。

第三章　変わる世界

秋人が家に戻ったのは、夜も遅くなってからだった。いったん公園に戻った彼は、そこで服を身に着け、スガタが完全に現れるまで茂みの奥に隠れていたのだ。とはいえ、どこまでが完全なもとのスガタなのか自分でも判断できなかった。透明化は細胞そのものを変質させるものではないが、鏡を眺める習慣のない秋人には、もともと自分がどんなスガタをしていたのか記憶が定かでなかった。いいや、それ以上に、彼は自分が変わってしまった気がしてならなかったのだ。

「疲れた……」

しんと静まり返る我が家へ入った秋人は、誰《だれ》とも顔を合わせずに自室へと篭った。そのまま、重力に従い、枕《まくら》に顔を埋める。

疲労感はあるものの、姿を消していた時の感覚が未《いま》だに忘れられない。実験に成功した興奮だけでないものが印象に根強く残っている。それは、器としての体を消し去った解放感とでも言うべき感覚だ。

「もう一度実験してみるか……。今度はもっと冷静に分析しなくては、な」

現時点において、体の異常、薬の副作用ともに認められない。短時間での連続投薬には若干の不安もあるが、それ以上に再びあの感覚を味わいたいと思った。

「もう一度、じっくり見せてもらうか」

カプセルを呑《の》み込《こ》んだ秋人は、おもむろに服を脱いで鏡の前に立つ。ところが……。

第三章　変わる世界

「秋人？　もう帰って来てるの？」

ノックの音とともに、桜子の声がドアの向こうでした。

な、なんでこんな時に！　もう薬は呑んでしまった。さしたる時間もかからず体が透け始めるはずだ。それ以前に青年は全裸だった。

「秋人？　寝てるの……かな？」

扉越しの声には、以前にはなかった遠慮が滲《にじ》んでいる。双子の兄妹から一転して赤の他人では、遠慮もするだろう。けれど秋人には、そんな桜子の変化が我慢できなかった。顔を合わすのはおろか返事をするのも鬱陶《うっとう》しい。このまま居留守を使えば桜子も諦《あきら》めるだろう。どのみち数分後には、体が透明になり、さながらいないことと同じになる。そう考えたのも束《つか》の間《ま》、彼女は予想に反した行動を取った。

「開けるね？」

静かにドアが開き、室内に足を踏み入れる桜子。高を括《くく》っていた秋人は、一糸まとわぬ出立ちで彼女と正対することになってしまう。

「えっ!?　帰ってたの？」

言いながら、桜子は一瞬視線を下に降ろし、次いで慌てて視線を移す。

「なに……してるの？」

「い……、いやっ、そのっ！」

口籠《くちごも》る秋人は脱ぎ捨ててあったトランクスを掴《つか》み、情けないポーズで股間《こかん》を隠した。途端に桜子の頬《ほお》が薄朱色に染まる。

「ご、ごめん……」

「いいから出てくれ!」

小さく頷《うなず》いた桜子が部屋を出るなり、秋人はいそいそと服を身につける。

「ご、ごめんね……」

ドアの向こうから謝罪の声が届く。

「わ、わたしは気にしないから……。気にしなくていいから……。その、わかってるつもりだから、わたし」

何を? 訝《いぶか》る秋人が耳にしたのは、あまりにも的外れなセリフだった。

「わたしも一応知ってるから。男の子が……、その、そういうことするって……」

勘違いもいいところだ! 無実の罪を押しつけられたようで、苛立《いらだ》ちが込み上げる。けれど同時に、桜子の意外な一面を知った気にもなった。秋人には、どう間違っても桜子の発想がそういう方向に行くはずがないと思えていたからだ。

「も、もういい? もう、部屋に入っていいかな? だめ?」

秋人は焦った。仮にもし、彼女が誤解したとおり本当に自慰行為の最中だったとして、その直後の部屋に上がり込もうとする神経が理解できない。よほどの理由があるのか?

「ちょっと相談があったんだけど……」

どれほどの相談かはわからないが、薬を呑んだ秋人の体は数分で透明状態になってしまう。はっきり言って桜子の相手をしている場合ではなかった。だが、自慰行為の場に遭遇してしまったなどと勘違いされたままなのも苦痛だ。血の繋《つな》がりに関する真実を聞かされたばかりの微妙な時期でもあるし、あまり邪険にもできない。夕飯をすっぽかしたことにも多少の罪悪感があった。しかたなく、服を身に着け終えたと告げると、桜子が申し訳なさそうな態度で、再び部屋のドアを開ける。

「も、もう済んだよね？　あの、わたし気にしてないから。さっきも言ったけど……」

「待った、桜子。おそらくは、だが……、桜子が考えていることとは、別の真実が存在する。俺《おれ》は今、自分の肉体を観察していたんだ。今度の研究は、筋肉の動きを参考にする必要があってな」

秋人の説明は最後の部分で嘘《うそ》が入っていた。根本的な部分をごまかすための説明なだけに、かなりの無理がある。それでも桜子は、すぐに自分の誤解を察し、羞恥《しゅうち》に頬を赤くした。秋人の有するある種特異なキャラクターと、それを承知してなおどこかおっとりしすぎている桜子との間の会話ならではのことだ。

「そ、そうだよね。や、やだ……、わたし、何か変なこと口走って……。ご、ごめんね」

「いや、別に構わないけど……。それで？」

秋人は桜子の相談について尋ねる。早く話を進めなくては透明化が始まってしまう。時間との競争だ。もっとも、そんな彼の心中を知る由もない桜子は、やたらともったいつけた口ぶりで、なかなか本題を話そうとしなかった。しだいに苛立ちを募らせる秋人が少々突き放した態度を見せると、かすかに身を竦《すく》めた桜子はようやく本題を口にした。

「前に秋人に相談したことなんだけど……。あれ、友達《ともだち》と話をして日付だけは決まって、言うの遅れたんだけど、もう一回秋人と相談したいと思って……」

「なんのことだ？」

「ほら、春休みの予定で、秋人に話してたこと。思いだせない？」

困ったような表情で覗《のぞ》き込《こ》む桜子。一方の秋人は、それどころではなかった。薬の効果が出始めていたのだ。感覚が薄れ、右手の先が震える。

「桜子、要点だけを言ってくれ」

急《せ》かす声に、桜子が少しびっくりした表情に変わった。

「う、うん。わたしが、友達と旅行に行くかもしれないって言ってたことなんだけど」

「そのことか」

右手を後ろに回し、左手で震えを抑える。

「一応日取り決まったんだ。来週の火曜日から3日間なんだけど……。わたし、行かないでおこうと思うの。前に秋人は息抜きしてきたほうがいいって言ってくれたけど、今は、その、こんな状況だから……」

　家族が動揺しているからとでも言いたいのだろう。まったく鬱陶しい。

「それで？　桜子は本当にそれでいいのか？」

「え？　わ、わたしは……、秋人に言われてからは、行きたいと思ってたけど……」

「だったら行けばいい。そんなに動揺してるのは桜子だけだ。みんな、それぞれに事実を受け止めて、気にしないようにしてる。気にしすぎると、却《かえ》ってややこしくなることだってある。それは桜子の悪い癖だ」

「そんなこと……」

　思い当たる節でもあるのか、桜子が肩を落とす。秋人はさらに追い討ちをかけるように続けた。もはや彼には、ほとんど余裕がないのだ。

「とにかく、俺の意見は今言った通りだから。これ以上話しても無駄だと思う」

　ぼやけ始めた視界の中で、視線を上げ秋人を見る桜子。悲しげにも見える瞳《ひとみ》をまたうつむかせ、ゆっくり踵《きびす》を返す。加えて、秋人の苛立ちを煽《あお》るかの如《ごと》く振り返った。

「秋人……。わたし、もうちょっと考えてみていいかな？」

「ああ、そうしたらいいんじゃないか」

　透明化に気を取られた返事には、いい加減さが混じっている。桜子は表情を曇らせながら部屋の外へと出ていった。

静かにドアが閉まるなり、秋人の感覚は消え失せていた。危なかった。ブラックアウトした視界の中、今夜は二度とドアが開かないことを祈った。やがて、徐々に感覚が戻り始め、視界も甦《よみがえ》る。無造作に服を脱ぎ、多少フラつく足で鏡の前に立つ。

「二度目も成功だ」

短期間での連続投与の影響か、はたまた抵抗力ができたのか、最初の投薬時に比べて透明化へのプロセスが短い。身体《からだ》への負担も軽くなっている。そして……。

「俺……、なんでこんなに……」

異様に胸が躍った。透明化によって得られた解放感も、最初の時とは比較にならないほどだった。さっきまでの苛立ちもどうでもいいことに思える。それよりむしろ、この快挙を誰かに見せつけたいという欲求すら湧《わ》いてくる。誰かに……。

そんな欲求は、当然身近な人間に向けられた。全裸で徘徊《はいかい》するにしては、夜も更けすぎている。寒さで体調を崩すのは確実だし、それに我が家の中なら銭湯に忍び込むようなリスクも不要だ。早速秋人は、足音を忍ばせて廊下へと出た。

廊下の明かりは間接照明だけになっている。3姉妹もそれぞれに部屋へ籠り、あるいはもう眠っているのかもしれない。薄暗い廊下に並ぶ姉妹の部屋のドア。そのひとつから、細長い明かりの筋が秋人の足元へと伸びていた。

「あれ？　梓姉の部屋、明かりがついてる」

あたかも光に誘われた蛾《が》のように、梓の部屋のドアへと歩み寄る。

「まだ起きているのか？　クク……、驚かせてやろうかな」

日頃《ひごろ》から、秋人の研究や実験に対してなんら理解を示さないのが梓だった。梓にとって自身の役に立たないものはすべて無駄でしかなく、そんな彼女が望むようなものは逆に秋人の興味を引かないものばかりだった。従って、家族で唯一発明の恩恵にあやかっていないのが梓なのだ。しかも彼女は、桜子や翼に頼まれて秋人が作った発明品を、なんの悪気もなく瞬く間に壊してしまうという特技を持っていた。

ククッ、いきなり部屋に侵入して驚かせてやるか？　心の中で秋人が笑う。透明になるのは気分がいい。その証拠に、普段考えもしないような悪戯心《いたずらごころ》が芽生える。

ドアノブに手をかけ、そっと室内の様子をうかがう。すると、かすかな声が聞こえた。

「んっ……、う……」

なんだ？　梓の声に間違いはないが、今まで聞いたことのない響きだった。寝言だろうか？　秋人はドアの隙間《すきま》から洩《も》れる声に耳を欹《そばだ》てた。

「ハァ……ハァ……、うぅぅ……」

具合でも悪いのか、荒い息の合間に聞こえる低い呻《うめ》き。ふと心配になり、隙間越しに室内を覗いてみる。しかし、狭い視界には、オーディオスペースくらいしか見えない。

「あぅ！　くっ、うう……ん……」

梓の呻き声は少しずつ大きくなっている。さっと背後を振り返るが、妹達の部屋に何か動きを示す気配はなかった。すでにふたりとも眠ってしまっているのだろう。梓の異変にはまったく気づいていないようだ。

そう理解した刹那《せつな》、秋人は考えるより先にドアを開けていた。素早く室内に踏み入るなり、声の主の姿を捜す。ベッドの上、仰向けになった梓が視界に飛び込む。

一瞬、秋人は梓が何をしているのかわからなかった。シースルーの黒いネグリジェ姿で身をよじる長姉。ベッドの位置からでは、ちょうどドアは死角に当たる。まして秋人は透明化している。とはいえ梓は、室内に入った気配に気づかぬほど、それに夢中だった。

「あぁっ……んっ！　ん……、んんっ!!」

はだけたネグリジェからこぼれる豊満な乳房が声とともに柔らかく揺れる。片足を抜いて、一方の太腿《ふともも》に引っかかった漆黒《しっこく》のショーツの向こう、剝《む》きだしになった下腹部に潜りこませた手は、腿で死角になってはいても絶え間なく動いているのが充分にわかった。

「はぁっ……はあぁっ！　んっ……、ん……、んんっ!!」

普段何かにつけて自画自賛するほどのスタイルのよさ。見れば確かにそのとおりだ。腰をヒクつかせて太腿を広げる様は、大人《おとな》の女性が持つエロティシズムを余すことなく体現している。秋人の目の前で、梓の右手がたわむ乳房を鷲掴みにした。

「あぅっ！　んっ！　あっ！　あんっ！」

朱唇が洩らす呻きも、いつしかよがりに変わっている。見事としか言いようのない肉房を揺らし、自分の世界に浸り続ける梓。揉《も》みしだいていた乳房を放し、口もとに当てた指を切なげに噛《か》む。一見、苦しそうにも見えるが、それでも惜しげもなく広げた太腿の中央をまさぐる左手の指は、一向に動きを止める様子もない。緩急をつけた指の動きに、ぬめりを帯びた卑猥《ひわい》な水音がする。

「はあぁっ！　あぁっ……、止まらないわっ！　ん……、はぁ、はぁっ、気持いいっ！」

時々指を宙に浮かし、何かを堪《こら》えきったように身を震わす。そしてまた、指先で撫《な》でる動作を繰り返してゆっくり悶《もだ》える。強弱の入り混じる震えと艶《なま》めかしい揺れに波打つ腹。のた打つ肢体をコントロールするものは、たった数本の指の動きだけだ。その指先には大量の粘液が絡みつき、糸引く湿った音色を奏で続ける。

「はぁ……ん！　んくっ！　んっ……んぅっ！　ああんっ！　んんっ！」

指の躍動に堪《たま》りかねた腰が何度も跳ねた。

「ああぁっ！　あぁぁっ！　だっ、ダメっ!!」

凄《すご》い……。それは秋人の率直な感想だった。違和感も嫌悪感も、罪悪感さえない。ただただ純粋に、彼は梓の痴態に見惚《みと》れていた。あまつさえ、全裸の体は興奮に震え、下腹部に熱い火照りを灯《とも》らせる。胸と股間を焦がす高ぶりは、梓が義姉になってしまったから？

いいや、それはきっと関係ない。自分は変わらない。そう口にしたのは秋人自身だ。ならば、理由はおそらくこの姿、今の梓の姿があまりにも淫《みだ》らで、そして美しすぎるからなのかもしれない。事実彼は、さっきからずっと目を離すことができずにいた。目の前の義姉が無心に刺激する下腹部。それが気になってしかたない。

「あっ！　あっ！　いぃっ！　いいっ！　いいィっ！　んぁぁー!!」

梓の声にはますます熱が篭っていく。自らの太腿の間に伸ばした指は、グチュグチュと粘る音を響かせ、前後左右万遍なく秘密の花園を這《は》いまわっている。

「はぁっ！　はぁっ！　あとちょっとォ……」

言いながら彼女は、右手も下腹部へと伸ばした。その動きに促され、秋人もまた物音を立てずに梓の足もとへとまわり込む。透明になった青年の眼前には義姉の下腹部が剥きだしになっていた。息を呑み覗き込んだ梓の秘部。両手を添えられた柔唇は、溢《あふ》れた淫汁《いんじゅう》でベチョベチョになっていた。音を立てずに生唾《なまつば》を呑み下し、喰《く》い入《い》るように見つめる先で、リズミカルに躍る指の動きに合わせて蠢《うごめ》く陰唇。ヌラヌラと照り光る媚肉《びにく》を伝い、汗とは似ても似つかぬ濃厚な粘液がわななく蕾《つぼみ》にまで達していた。

虚《うつ》ろな瞳で頬を上気させる梓が、小さく腰をひねり、片方の手をヒップへとまわして蕾をまさぐりだす。下腹部を蹂躙《じゅうりん》する自分の手を追い、梓の瞳が虚空を泳いだ。一瞬、ふたりの視線が交差する。途端に心臓を鷲掴みされたような緊張感が秋人を襲うが、彼はすぐに、それが意味をなさない心境だと悟った。何しろ梓には、秋人のスガタが見えていない

のだから。実際彼女は、身を硬くする秋人をよそに、妖艶《ようえん》な表情で喉《のど》を鳴らした。

「んぐ……、あぁ……、はぁ……。んっ……、はぁ……ん……」

それまでとは明らかに異なる抑えた喘《あえ》ぎを吐き、ゆっくりとヒップの谷間を撫で、震える蕾を揉《も》み解《ほぐ》す。洪水の如く溢れ出た淫蜜《いんみつ》をネットリ絡め取り、濡れた指先を肛穴《こうけつ》へとおもむろに侵入させた。

「はっ！　うっくぅ！　くぅっ！　う……、あぁぁぁうっ！」

腰を引きつらせて刺激に堪え、第一間接の辺りまで指を沈める義姉。その行為を目の当たりにした義弟は、無意識に透明の腕を自らの股間へ伸ばす。透明の手が、これまた透明のモノを握り締める。目に見えなくとも、肉棒は熱を帯び、しっかり硬くなっていた。

こんなことをしに来たつもりはなかった。なのに……。自分でも理解できない衝動が、背筋から脳天へと衝《つ》き抜《ぬ》ける。

すぐ傍《そば》で見られていることに気づきもしない梓は、前後の淫腔《いんこう》に押し当てた指を、時に交互に、時に同時に、激しい勢いで動かしている。

「あぁぁっ！　うくっ、ひぅっ！　あぅんっ！　はっ！　はっ！　んんっ!!」

乱れたネグリジェからのぞく肢体に汗が光る。家族への気兼ねからか絶叫こそないが、身悶え喘ぐ姉の淫靡《いんび》な嗚咽《おえつ》が何度も耳を打つ。その朱唇に目を向けると、秋人は柔らかな唇の感触を思いださずにはいられなかった。

「あっ！　あっ！　あっ！　あぅっ！　いいっ！」

　上気した表情、振り乱れる乳房、波打ちクネる腰、そして、蕩《とろ》けたようにドロドロの淫《いん》部《ぶ》。目にするすべてが秋人に鮮烈な衝撃を与えた。

「あぁっ！　はぁっ！　いぃっ！　もう少し……、もう少しでェ……んくっ！」

　梓の絶頂は近い。その凄絶な光景に、秋人もまた股間を握る手を夢中で動かす。

「んあぁっ！　あああぅっ‼」

　不意に梓は体勢を変えた。偶然にもそれは、見えない秋人の眼前に大きく股《また》を開いた格好になった。次の瞬間、彼女の腰はビクンと跳ね上がり、ベッドの縁に爪先《つまさき》を立てる。

「うぅっ！　くぅぅぅーっ！」

　低く圧《お》し殺《ころ》した叫び。途端、秋人の顔面を激しい飛沫《しぶき》が直撃する。思わず動揺し、彼は尻餅《しりもち》をつきそうになりながら慌てて飛《と》び退《の》いた。放尿と勘違いしたのだ。もっとも、噴出された生ぬるい液体が、もろにかかってしまった顔をベタベタにしたせいで、秋人は自分の勘違いを悟った。同時に、銭湯での苦い経験が脳裏に甦る。事実、オーガズムに浸る梓から1メートルほど離れた何もない空間に、ぬめる液が滴っているのだから。

　退散するしかない！　焦った秋人は、自身もこの場で果てたい衝動に駆られつつも、急いで退却せざるを得なかった。開け放しになっていたドアをそっとくぐる直前、何か固いものを踏んだ。見降ろす透明な足の下には鍵《かぎ》が落ちている。梓の部屋の鍵のようだ。秋人はそれを拾い、ベッドのほうへと顔を向ける。死角になって部分的にしか見えなかったけれど、シーツの海に横たわる義姉の大きな乳房が何度となく上下していた。

「んっ、はぁ……、はぁ……。気持ち……よかった……。でも……、ここまでしちゃうなんて……。それも……、また……」

途切れ途切れに届く梓の声。音を立てずにドアを閉める直前、彼女はなおも言った。

「アイツのこと……、考えるのはやめなきゃ……」

それほど想《おも》う彼氏が、梓にいたのだろうか？　そんなことを考えながら、秋人は自分の部屋へと戻る。頬を伝う義姉の愛液は、とてつもなく淫猥《いんわい》な味がした。


翌日、秋人の目覚めはスッキリしたものだった。梓の部屋から出たあと、自分の部屋で服を抱え、一目散に階下のトイレへと駆け込んだ。義姉の痴態の記憶が鮮明なうちに、生まれて初めての自慰を経験した。射精と恍惚《こうこつ》、その余韻が収まり、さらには透明化した体がもとにもどるまで、彼はトイレの中に篭った。洗面所で自分の顔を眺めた時、その顔はまたどこか変わっていたような気がした。

時間の経過とともに目覚めのよさによる気分の高揚《こうよう》は鳴りを潜める。秋人の心には、複雑な思いが浮かんでは消えた。結局のところ、秋人にとって最も精神が安定しているのは透明化している時に他ならない。ただ、本人はまだそのことを意識してはいなかった。

第三章　変わる世界

その日の午後、秋人はフラリと桜子の部屋へ顔を出す。

「あっ、秋人」

ちょうど桜子が自分の洗濯物を片づけている最中だった。何気なく眺めた衣服の中に、ブラジャーやショーツなどの下着類も混じっている。

「あ……、えっと、どうしたの？」

手早く下着を隠す様子を目の当たりにし、秋人は込み上げる苛立ちを覚えた。なぜそんなことを意識しているんだ？　以前なら別に気にしなかったはずだ。もっとも、彼は自分のことを棚に上げていた。彼自身、どうしたって意識してしまう。目の前の娘は、梓と同じ血を分けた姉妹なのだ。チラリと盗み見たブラは、紛れもなく梓と同じほどのカップのサイズを有していた。違いがあるとすれば、清楚《せいそ》なデザインくらいだろう。

「いや、別になんでもない」

「え？　ちょっと……、秋人？」

呼び止める声を無視して、秋人はリビングへと降りた。

ソファに腰を降ろし、意味もなくTVをつける。ワイドショーを映す画面には目もくれず、彼は背中を丸めてため息をついた。

3姉妹の中で、一番話し易《やす》いのは末妹の翼だ。長姉の梓とは憎まれ口の応酬になるが、それも決して気分の悪いものではない。つい先日まで双子の妹として暮らしてきた桜子とは、不思議と会話らしい会話がなかった。特に話をしなくても、桜子は誰よりもわかってくれていたから。秋人にはそんな自負があった。だが、それももはや過去のことなのかもしれない。現にさっきも、彼は相談があって桜子のもとを訪れたのだ。なのに……。

何度目かのため息をつき終えると電話が鳴った。たまたまリビングは秋人しかいない。彼は面倒くさそうにため息をつき、コードレスの子機に手を伸ばした。

「はい、日向です」

《秋人か？　元気にしているか？》

受話器の向こうから聞こえてきたのは父の声。電話に出てしまったことを後悔した。

「ああ、元気にやってる。そっちは？　どこから電話してるんだ？」

《仕事の打合わせ先だ。ちょっと電話を貸してもらってる。こっちは広いから、とにかく移動に時間がかかって困っているよ。俺の仕事は、みっつの町を行き来しなくてはならんのでな。今もやっと時間を見つけて、電話したところだ》

今となっては育ての親でしかない父は、調子よく笑ったあとで、ふと声を落とす。

《……で、どうだ？　そっちは、問題なくやっているか？　やはり俺が言ってしまったことで何かあったのか？》

「なんにもないさ、大丈夫だ。心配する必要はない」

《秋人……。あの時言ったことを気にしているんだろう？　父さん、いつかお前にだけは

説明しようと思っていたんだが……》
「いや、もういい。もう、別にいい」
《聞きたくないのか？》
「そういうわけじゃないが……。今は、いい」
《そうか、お前がそう言うのなら……。だが、聞きたくなったら言ってくれ。悩む前に、な。俺には、お前に話す義務がある》
　今さら……。秋人は喉を出かけた言葉を呑み込む。
《それじゃあな。お前が電話に出たってことは、桜子達は留守にしてるんだろう？　それぞれに、しっかりやってくれと伝えておいてくれ》
　そこで電話は切れた。子機をソファに投げだし、秋人は桜子の部屋へと足を向ける。父親からのメッセージを伝えるためだ。機を見て相談をするのもいいだろう。重い足取りで階段を昇り、桜子の部屋の前に立つ。ドアノブに手を伸ばそうとして、彼はふと動きを止めた。ノックが必要だろうか？　そんなことを考えてみる。すると目の前のドアがいきなり開き、出てきた桜子とぶつかりそうになる。
「わっ!?　び、びっくりした～」
「すまん」
「どうしたの、秋人？　もしかしてずっとここに立ってたの？」

「いや、今来たところだ。親父《おやじ》から電話があって、しっかりやってくれと言っていた」

「あ、さっきの電話、やっぱりそうだったんだ」

頷く秋人の顔を、訝しげな表情の桜子が覗き込んだ。

「何か……あったの？　表情がいつもと違う。すごく暗い雰囲気だよ。悩み事？」

ギクリとして桜子を見つめる。互いの目が合った瞬間、秋人はすぐに視線を逸《そ》らした。

「よかったら相談に乗るけど？」

「いや、いい……。騒がしたな」

踵を返そうとする秋人を、桜子が真剣な眼差《まなざ》しで呼び止める。

「待って。ダメだわ。秋人が今思ってることって、たぶん無理矢理でも話してもらったほうがいいことなんだと思う」

「でも、俺は……」

「ほら、その顔。わたし、秋人のそんな顔見たくないよ。とにかく立ち話じゃ済まないんでしょうから、わたしの部屋で話そ？」

半ば強引に、秋人は室内へと引き込まれた。

「家族のことでしょ？」

ドアを閉めるなり、桜子が言う。秋人は驚いて彼女を見つめた。

「わかるよ。わたしだってそうだもん。やっぱり、ショック大きいよ。いろいろ考えるとイライラしちゃうんでしょ?」

秋人は答えなかった。わずかな間を置いて、桜子は続ける。

「大丈夫だと思うよ……。ううん、絶対大丈夫だよ。わたしは、どんなことがあっても変わらないと思う。秋人のこと、好きだよ。家族として、ずっと好きでいられる自信があるから。何があってもね。だから、秋人もあんまり気にして悩んだりしないで……」

そっと秋人の瞳を覗き込み、彼女はかすかに不安げな声で囁《ささや》いた。

「わたしの意見なんかじゃ、ダメ……かな?」

「そんなことない……。桜子のその気持ちはありがたいから」

辛うじて出た秋人の言葉。ふと表情も緩む。

「よかった。本当のこと言うとね、今のわたしの考えって、わたし自身もすごく考えて、昨日やっと出した答えなんだ。秋人への気持ちはずっとそうだったけど、決心するのは難しいんだよね。みんな、きっとそんなに強くないよ」

「そっか。桜子にそう言ってもらえたから、俺も訊《き》くけど……」

「言ってみて。わたし、秋人に頼ってもらえるの嬉《うれ》しいよ。一緒に暮らしてても、もっと頼って欲しいってずっと思ってたから」

「実は、俺……、ちょっと変かもしれないんだ」

唐突なセリフだった。桜子の目が思わず丸くなる。

「桜子にしてもそうだと思うんだけど、うちってあんまり……、そ、その……、愛だの恋だのって話に縁がない気がしないか？　梓姉のことは、あまり知らないけど……」

「そ、そうかな？　普通だと思うよ。そういう話って家族とかでしないんじゃない？」

「それにしてもさ。桜子は……、その……、恋人とかいるのか？」

「わ、わたし⁉　い、いないよ、そんな人」

「本当に？」

「だって、わたしほとんど家にいるでしょう？　だいいち恋人なんて欲しいって思わないし……。興味もないから……」

「そうなのか？　じゃぁ、翼は？」

「えぇ？　どうしたの急に？　あ、あの娘《こ》だって……、そういうことには全然興味ないと思う。自分で言ってるし……」

「ほら、そうだろ？　親父だって、再婚とか全然考えてないだろうし」

それが日向家の遺伝的なものだとしても、血の繋がらぬ秋人には関係ないことだった。むろん、長くその環境にいたせいで影響を受けることもある。秋人はどこか自分だけを特別視しようとしていたのかもしれない。しかし、桜子はそれを逆手に受け取っていた。

「そう言う秋人はどうなの？」

「俺は……、俺だってそういうの全然なかったけど……」

「けど？」

「だから、俺変なのかもしれないって……」

「それって、もしかして？」

突然、桜子が「うふふ」と笑う。そして、ハッとしてバツが悪そうに首を竦めた。

「ご、ごめんなさい……。なんだか恥ずかしくって。まさか、秋人とこんな話をすることがあるなんて思わなかったから。でも、考えてみると秋人の言うとおりかもしれない」

「だ、だろ？」

「じゃ、秋人はそういう人を見つけたのね？　そうなんでしょう？　だから、いろいろ訊きたいんじゃないのかしら？　だったら、わたしじゃダメかもしれないわね。それこそ姉さんとかに訊いたほうが……」

「そういったものとは違うんだ。ただ……、つまり……。その……、俺は桜子だから相談したんだってことを理解してて欲しい」

そう前置きし、秋人は自らの胸の内にある正体の知れないモノについて説明を始める。

もっとも彼自身、明瞭《めいりょう》で具体的な説明をできるのか疑問だった。なぜならそれは、情緒的なものの考え方を嫌う秋人には理解できない部分……、すなわち、人間のもっとも根本的な部分である欲求についての問題だった。それだけに彼は、桜子の意見を参考にできればと思っていたのだ。

「例えば……、その対象が、家族……、義理にはなってしまったかもしれないが……、家族の誰かだったとしたら、桜子はどうする？」

「それって……、わたしとか翼から見て、秋人がその対象になってしまうってこと？」

「たぶん、それに似てると思う。ただ、そんな深いものじゃなくて、もっと単純な……」

言いかける途中で、桜子のいささかヒステリックな声が遮る。

「で、でも！　そんなことあり得ないよ！」

唖然《あぜん》として目を見張る秋人。未だかつて、これほど感情的な態度を見たことがない。当の桜子も、自分自身が発した声に驚いていた。気まずい雰囲気がふたりの間に溝を作り、重苦しい沈黙が空気を澱《よど》ませる。ややあって、桜子は自ら作った沈黙に終止符を打った。

「ご、ごめん。でも、やっぱりわたし理解できない。だからもうやめよ、この話。きっとわたし、何を言ったらいいかわからないと思う。だって、恋をしたことないから……」

言い終えるが早いか、桜子は夕飯の準備があるからと、逃げるように部屋を去った。


「あんな形で話が終わるとは思わなかった……」

夕食も入浴も済ませ、秋人は自室の明かりもつけずに、ゴロリとベッドへ転がる。あの会話以来、桜子は目を合わせようともしなかった。後悔と苛立ちが、青年の心を苛《さいな》む。そもそも、とても説明できる話ではなかった。いっそ訊かなければよかったとも思う。

いったい、桜子にどんな言葉を期待していたのか？　桜子なら答えを持っていると思ったのか？　それとも、結局は知らない間に、桜子に頼る癖がついているのだろうか？

疑問の答えは見つからない。刻《とき》だけがすぎていく。

桜子は俺の下着を平気な顔で洗う。梓姉は酔っぱらうとすぐに絡んでくる。翼のはしゃぐ声は嫌いではなかった。極普通の日常だったんだ。あの日、自分だけ血が繋がっていないという、そのことを突然に知るまでは……。

変わらないはずの日常が、変わらないはずの自分が、変わらないはずのすべてが、混乱と混沌《こんとん》の中でそのスガタを変貌《へんぼう》させつつあった。

寝返りを打ち、枕に顔を埋める。目に見えるものがすべてではない。物事の本質は、真理は、見えないところにこそ存在する。それは秋人の持論だった。だからこそ、彼は透明化薬を開発したのだ。開発に成功した今、秋人はあたかも、目にしていた現実に裏切られた思いでいた。すべては、ただの幻だったのか？

再び寝返りを打つと目覚まし時計が目の隅に入った。蛍光塗料にぼうっと浮かぶ針が、いつの間にか午前0時をまわったことを告げている。静けさに包まれた室内で時計の針を目で追ううちに、どこからともなく何かが聞こえてきた。

どこからだろうと耳を澄まし、周りを見渡してみる。途切れ途切れに耳に届くのは話し声だった。それも床から。階下にあるのは書斎だ。秋人はさらに耳を澄ます。

「この声は……、桜子と梓姉か？」

こんな時間に、しかもわざわざ書斎で話すほどだから、よほど重大な用件なのだろう。だが、知ったことではない。秋人は天井に顔を向け、ゆっくり瞼《まぶた》を閉じる。

完全な闇《やみ》の中、秋人は階下のふたりの声を聞き分けていた。いったん認識してしまったことで無意識に聞き入ってしまう。細切れに届く会話から、その内容までを理解することはできなかったが、ところどころで秋人の名が話題に上っているのがわかった。

「何を話してるんだ？」

以前なら気にもしなかったはずなのに、つい耳を欹《そばだ》ててしまう。話題の主が自分で、しかもそれを話す桜子の声は深刻に感じられた。未だかつて、日向家でこんな時間にこんな密談があったためしはない。いったい何を話しているんだ？

意識を集中させ、なんとか床下の声を完全に聞き取ろうと努める秋人は、ふとあることに思い当たった。まさか、昼間のことを言ってるんじゃないのか？ それも、梓に……。

あくまで憶測でしかない。しかし、可能性としては充分にあり得た。

「使うか……」

おもむろにベッドから起き上がった秋人は、机の引出から小さなアルミケースを取りだす。蓋《ふた》を開くとそこには、開発ナンバー21のカプセル薬が納められていた。

壁一面に数々の専門書が並ぶ書棚を配した書斎。フローリングの床の上に、ネグリジェ姿の梓が胡座《あぐら》をかき、その向かいには緊張した面持ちの桜子と眠そうな顔の翼がパジャマ姿で座っている。前もって声をかけておいたにもかかわらず、呑気《のんき》に眠りこけてしまった翼のせいで、3姉妹が書斎に揃《そろ》ったのは深夜の1時近くだった。

「……で、話の続きは？」

梓が口火を切り、硬い表情で頷いた桜子が話し始める。

「う、うん。だから、少し気をつけて様子を見てたほうがいいかもしれないと思うの」

「ふ～ん。確かにアイツ、この頃少し様子がおかしい気がするわね」

「ムニャムニャ……、うー……、それって誰のことォ？」

寝ぼけた声で翼が梓に尋ねた。

「秋人のことよ」

「え？　なんでお兄ちゃんのこと……」

「最近、秋人の態度がおかしいと思わない？」

そう言ったのは桜子。翼は小首を傾《かし》げた。

「そ、そうかなー？」

「翼は何か気づいたこととかないの？」

梓の問いかけに、翼は眠い目を擦《こす》りながら首を横に振る。

「翼は……、よくわかんないよ。ただ、お兄ちゃん、ちょっと暗い気はするけど……」

「でもまあ、あんな事実を聞かされたあとじゃね。あの子、精神的に脆《もろ》そうだから」

「え？　それって、お兄ちゃんと血が繋がっていなかった話？」

「桜子の話だと情緒不安定気味らしいのよ」

「お兄ちゃん、可哀想《かわいそう》……」

「でも、それと今回桜子が言ってたことと関係してるの？」

「桜子ちゃんが言ってたことって？」

「秋人が妙なこと言ってたらしいわ」

「みょー？」

「う～ん……、翼にはなんて説明したらいいんだろ？」

チラリと桜子に目を向ける梓。振られた桜子の瞳は困惑に揺れていた。答えは期待できそうもない。小さくため息をつき、梓は末妹に視線を戻す。

「いい言葉浮かばないから、手っ取り早く言うわね。秋人が……、あたし達の誰かに欲情しちゃうかもしれないんだってさ」

「欲情って？」

「興奮するってことよ。ようするにエッチな気分になるってこと！」

「そ、そうなの？」

すっかり眠気も失せた翼が、キョトンとしてふたりの姉の顔を交互に見比べる。そんな妹に、やや強《こわ》ばった表情の桜子が小さく頷いた。

「わ、わたし思うんだけど……。すごく言いにくいんだけど……。もしかしたら秋人は、わたし達を家族として見られなくなってしまったから……じゃないかと思うの」

「タガが外れたってこと？　落ち込んだ挙げ句に、ヤケになって桜子に八つ当たりしたのかもよ？　だって、秋人はそういうことに興味ないんじゃない？　アイツ、ちょっと変人入ってるし、研究ばかりしてるし……。だから取っつきにくいのよね」

「そうかなー？　お姉ちゃん充分慣れなれしいと思うけどォ？」

「うるさいわねー！」

普段の調子でコントじみたかけ合いを始める長姉と末妹。ただひとり、桜子だけが生真《きま》面目《じめ》な表情を崩さなかった。

「でも、相談していた時の秋人、すごく真剣だったから……」

「秋人が本気だとしたら、あたし達のことずっとそうゆう目で見てたことになるかもね」

半ば茶化すつもりで口にしたであろう梓の言葉は、桜子を動揺させるに充分なインパクトを持っていた。梓はなおも言う。

「だって、1日かそこらで人間そんなに変わる？　ましてや、急に欲情だなんて！　やっぱりアイツ、ちょっと異常だわ」

梓がおどけて肩を竦める。一方の桜子は、自分の肩を抱くように腕をまわし、かすかに震えてさえいた。

「だからわたし……、その時なんだかすごく違和感があったの。正直に言うと怖かった」

「それって、考えようによっては、かなり気持ち悪いかもね」

「気持ち悪いなんて！　そんな言い方ヒドイよ！」

「でもね、普通はそう思うのよ。ただ、秋人がそういうこと考えてるってのも、ちょっと信じがたい部分もあるわね。ちなみに、あたしは嫌かな、あのタイプは……。はは……」

「お姉ちゃんは頭のいい人が嫌いなんでしょ！」

「何よ、その言い方！」

さっきから梓は、話を大袈裟《おおげさ》にするか、茶化すか、混ぜ返すばかりだ。いつものこととはいえ、いくらおっとりした性格の桜子でも、そろそろ我慢の限界が近い。

「だから姉さん、そういうことじゃなくて……」

「何が違うって言うの？　だいたい桜子はどうなのよ？　秋人の欲情するって言葉が、あんたに向けられたものなら？　その可能性高いんじゃないの？　だって、わざわざあんたに相談したんだから」

ギクリとする桜子が、わずかに腰を引いた。

「な、何言ってるの、姉さん？　そんなこと……」

「桜子だってわかってるんじゃないの～？　自分が一番危ないってこと」

悪戯っぽい笑みを浮かべる梓の口調が、桜子に我慢の限界を越えさせる。

「やめてっ！　わたしだって、わたしだって、そんなの嫌に決まってるじゃないっ！」

「ちょっ！　桜子、声が大きいって」

いきなりキレた妹を慌てて抑えようとするが、堰《せき》を切って噴きでた感情が収まるはずもない。突然のことにオロオロする翼の横で、桜子は梓を睨《にら》みつけながら言葉を吐く。

「だいいち、そんなこと考えられない！　考えたくもないっ！　どうしてそんな考えを口にすることができるのっ⁉」

「桜子ってば落ち着いて！　んもー、冗談よ、冗談。例えばの話に決まってるじゃない」

「冗談って……。姉さんも姉さんよっ！　なんでもっと真剣に考えてくれないのっ⁉　秋人の血が繋がってないってことだって言わなかったし、それに……」

「桜子っ！」

梓の一喝《いっかつ》が、ようやく桜子の暴走を止めた。我に返り、申し訳なさそうにうなだれる。

「ごっ、ごめんなさい……。つい……」

「こんな時に冗談を言ったのは悪かったわ」

緊迫のボルテージは潮が引くように下がった。安堵《あんど》の息をつく翼が見守る中、梓は諭すような口調で桜子に言う。

「桜子、あんたが秋人と血が繋がっていないことに不安なのはわかるわ。あんたの性格だもの、今までずっと一緒に暮らしてきて、急に『実は血が繋がってませんでした、でも今まで通り家族の一員です』って、そんなすぐ割り切れないわよね。でも、そういう態度だと、たぶんアイツもっと深く考えるんじゃない？　確かにアイツ、普段何を考えているのかわからないけど、でも、秋人のことだから、そのうちいつもみたく冷静に戻って、なんでもなかったみたいになるって」

桜子とて、そう思いたいのはやまやまだった。だがしかし、妙な胸騒ぎがするのだ。

「あんたはなんでもかんでも心配しすぎね。アイツはアイツなのよ。あたし達も気をつけて接するからさ。桜子も、そっとしとけばいいんじゃない？」

結局、それしかないのだろう。形あるものは必ず壊れる。こぼれた水は二度ともとに戻らない。それでも、人は生きていかなければならないのだ。桜子にもわかっていた。だからこそ彼女は、長姉の言葉に頷くしかなかった。

どんなに不安があったとしても……。

第四章　見えない心、失くしたスガタ

心底思う。ひとりでいると落ちつく、と。この気持ちを覚えたのはいつ頃《ごろ》だったか？

薄暗い地下室で、秋人は一睡もせずに机に向かっていた。

まさか桜子が梓や翼に相談するとは考えもしなかった。桜子を信じて相談したのに、ものの見事に裏切られた。それは完全なる敗北と言っても過言ではない。秋人が最も嫌うものだ。３姉妹が書斎を出ていったあとも、透明になって部屋の隅に忍んでいた彼は、しばらくの間ショックで身動きすらできずにいた。

体がもとに戻った時、秋人は迷わずこの部屋に降りたのだ。姉妹達《たち》の部屋と隣り合わせる自室より、よほど落ち着く。何にも増して、透明化薬を開発したこの場所は、まさに勝利者のための空間なのだ。

桜子……、お前は何を考えている？　俺《おれ》をどうしたい？　家から追い出したいのか？

この地下室以外、自分の居場所が見つからない。さりとて日向家の一員として暮らす以上、この場所だけに籠《こも》ることは叶《かな》わない。

「昔から、誰《だれ》も俺を必要としていなかった……。必要とされていなかった……」

かつて〝透明人間〟とアダ名されていたことを否応《いやおう》なしに思いださせる現実。どうでもいいと思っていたことを、今はこんなにも真剣に思い悩んでいる。

もう少しで夜が明ける。秋人は、地下室に置いたままになっていたクタクタのフィールドコートを掴《つか》んで立ち上がった。

ここには、もういられない。いたくない。だが、いったいどこへ行けばいい？　家を出たところで、居場所などどこにもない。それでも……。

コートをまとった秋人は、誰にも知られずにそっと家を抜けだした。

第四章　見えない心、失くしたスガタ

春の陽《ひ》が東の街並みから顔をのぞかせる。降り注ぐ陽光は、まだ弱々しく感じられた。手にした缶コーヒーはとうに冷たくなっている。木々に囲まれた広い公園で、秋人はひとりベンチに腰かけていた。虚《うつ》ろな瞳《ひとみ》でぼんやりと眺める園内には誰もいない。早朝の寒さがいっそう身に染みた。

自分が愛していたはずの孤独は、家族という見えない絆《きずな》の中にあってこそ初めて機能するものなのかと痛感する。真の孤独を知らずに、独善的な偽りの孤独に浸っていた事実をつくづく思い知らされる。

目に見えるものを見えなくすることよりも、見えないものを見えるようにする研究をすべきだったろうか。ふと、そんなことを考えていると、ピレネー犬を連れた娘がひとり、公園の小径《こみち》を歩いてくる。

こんな時間から散歩とはご苦労なことだ。秋人は視線を落とし、永久にまとまりのつかない思いに耽《ふけ》ようとする。惨《みじ》めな敗北者には、それこそが似合いだと思えた。あるいは、そうすることによって真の孤独を手にしようとしたのか……。いずれにしても、彼の目論《もくろ》

みは、またも裏切られる。

視界の隅に、犬に引かれた娘が近づいて来るのが見えた。むろんそれは偶然なのだが、今の秋人には、この場からさえ自分を追い払おうとする何者かの意志に受け取れた。自然と苛立《いらだ》ちが募る。そして、そんな殺気立つ気配を、犬も娘も敏感に感じていたようだ。

娘は榊原理恵《さかきばらりえ》といい、〝エリー〟と名づけた飼犬の散歩を朝夕するのが日課だった。秋人の座るベンチは、不幸にしてそのルート上にある。いきなり引き返すのも失礼と考えた理恵は、距離を保ってベンチの前を通りすぎようとした。それとはなしによく見れば、見覚えのある青年だ。一昨日の夕方にも、この同じ公園で見かけた。確かその時も、妙に血走った目つきで園内をうろついていた。理恵の中に芽生えた警戒心が、オドオドした態度と足早な歩調、さらには緊張した面持ちにさせる。飼主の怯《おび》えを、当然エリーも察していた。そして、秋人もまた……。

鬱陶《うっとう》しい！　秋人は唐突に腰を上げる。途端に、理恵が泣きそうな表情で身を竦《すく》め、エリーが低い威嚇《いかく》の唸《うな》りを発した。赤の他人とはいえ、そこまで露骨な態度を取られたのは生まれて初めての経験だ。空缶を屑入《くずい》れに放り込み、秋人はポケットに両手を突っ込んで歩きだした。背にした理恵が洩《も》らす安堵《あんど》の息が、ささくれた心を必要以上に逆撫《さかな》でる。

なんなんだ？　俺が何をしたって言うんだ？　なんで女ってみんなこうなんだ！　桜子にしても梓にしても、なんでもすぐ大袈裟《おおげさ》にしたがる。そういえば今の女、物腰や雰囲気が桜子に似ているな。怯えた目で俺を見た。この俺を……。

大股《おおまた》で遊戯広場を横切り、娘の姿が木立の向こうに隠れるまで歩いた秋人の胸には、フツフツと怒りが込み上げていた。さっさと家に帰るのが得策と思い、次の瞬間には帰る場所がないことに気づく。心の中で舌打ち、誰へとはなしに毒づく。脳裏をよぎるのは後悔と苛立ちの光景だけだ。頭も体も酷《ひど》く重い。

もういい……。もうたくさんだ。もう昨日までの俺なんかどうでもいい！

コートのポケットへ突っ込んでいた手が、冷たく硬い金属に触れる。家を出る時に持ちだしたアルミケースだ。その中には、ナンバー21が納められている。指先でケースを撫でた彼の口もとがわずかに歪《ゆが》む。秋人はかすかに笑っていた。


「どうしたの、エリー？　急に吠《ほ》えだすなんて……」

無意識に感じた脅威が去って10分、完全に緊張の解《ほど》けた理恵は、突然吠えた飼犬を不思議そうに眺めた。エリーは何かを威嚇でもするように、前屈《まえかが》みの姿勢で唸っている。その視線が向かう方向に目を向けるが、理恵の瞳にはなんら変わらぬ風景しか映らなかった。

季節柄、広い園内にはまだ誰もいない。時折、雀《すずめ》や烏《からす》が舞い降りてはまた飛んで行くだけだ。野良猫でもいるのだろうか？　念のために周囲を見渡してみた、その瞬間！

突如、すぐ近くで乾いた叩《たた》き音《おん》が鳴り響いた。驚いた拍子にうっかり綱を落としてしまう。あまつさえ、どこからともなく飛んできた石飛礫《いしつぶて》がエリーの鼻先に命中する。さしものピレネー犬も、悲鳴とともに尻尾《しっぽ》を巻いて逃げだした。

「あ！　どこに行くの⁉　ま、待って！」

犬のあとを追おうと慌てて身を翻《ひるがえ》す理恵。ところが彼女は、やおら現れた目に見えぬ壁にぶつかって無様に尻餅《しりもち》をつく。

「キャッ！」

短く叫んだ理恵は、少々頬《ほお》を赤くして周囲を見まわした。その仕種《しぐさ》は何もないところで派手に転んだ自分を恥じている様子だ。人目のないことを確認し、急いで立ち上がる。すると今度は、何かに弾《はじ》き飛《と》ばされて再び地面に転がった。

「な、なにっ⁉　どうしてっ⁉」

理恵の顔は色を失い、蒼《あお》ざめてさえいる。キョロキョロと周りを見渡すが、園内には相変わらず誰もおらず、目の前の空間にぶつかるようなモノは何もない。驚きは怯えに変わりつつあった。それでもまだ、乱れたロングスカートの裾《すそ》を気にするだけの余裕を持つ彼女は、地面にへたり込んだまま、ポケットから携帯電話を取りだす。しかし……。

「ひっ⁉」

見えない何かが携帯電話を叩き落とした。

「い……、いやぁぁぁぁぁっ！」

ことここに至って、理恵は恐怖に駆られた。明らかにナニモノかがいる。しかもソレは明確な悪意を持っているのだ。ようやく身の危険を察知した彼女は、無我夢中で起き上がり、ヨロヨロと走りだす。涙に潤んだ瞳で逃げ場を探す。スガタの見えない相手から身を守れる場所。パニックに陥った思考は、さほど離れていない距離に建つ公衆トイレを選んだ。中から鍵《かぎ》のかかる個室に篭れば安全と考えたのだ。

もっとも彼女は、トイレの建物には辿《たど》り着《つ》いたものの個室に籠ることはできなかった。目に見えぬナニモノかによって、あとわずかのところで床の上に押し倒されてしまう。タイル張りの狭い空間に、強引に布が引き裂かれる音が響く。

「ア……、アッ……」

恐怖に戦慄《おのの》き、喉《のど》の奥から掠《かす》れた声が洩れる。自分の身に何が起きているのかさえ理解できず、なす術《すべ》なく震えるだけ。

「ヒッ！」

ビリビリとスカートも引き裂かれ、その都度ビクッと全身を硬直させる。彼女は、何かに触れられている感触にも大声をあげなかった。いいや、声を出すことができないと言ったほうが正確だろう。破かれてゆく着衣を、ただただ目で追っている。何をされているのか理解できない。なぜ自分がこんな目に遭《あ》っているのかさえ。今や論理立った思考は停止し、身も心も純粋な恐怖だけに支配されている。

「ウ……、ア……」

やがて、薄桃色のカシミアカーディガンの下、白いキャミソールと愛らしいリボンやフリルに飾られたブラの下に隠されていた雪のような白い肌が露《あらわ》になる。アンバランスに膨らんだ張りのある双丘。華やかに咲いたピンク色の乳輪の中心で、意志とは関係なく勃起《ぼっき》した小さな突起が震えている。

力なく投げだされた細い足首。引き裂かれたスカートのなれの果てからスラリと伸びる腿《もも》。そのつけ根は、唯一まだ難を逃れたままの薄布に覆われていた。けれど、それも束《つか》の間《ま》のこと。白い太腿に何かが触れる。それはサワサワと肌を撫でながら這《は》い上《あ》がり、プックラと膨らむ秘密の花園へと迫る。

「イ……、イヤ……」

得体のしれないナニモノかが、太腿から内腿、そのつけ根までを撫でまわす。ショーツの上から柔らかな媚肉《びにく》の膨らみをまさぐる。理恵の背筋に悪寒が疾《はし》った。

「イヤ……、イヤァ!」

喉から飛びでる声がしだいに音量を増す。嫌悪の意志がはっきりと滲《にじ》んでいる。にもかかわらず、身体《からだ》は金縛りにでも遭ったかの如《ごと》く動かせずにいた。それをいいことに、荒々しい何かが薄布越しに秘裂を刺激する。ほどなく、全身を蟲《むし》が這いずりまわっていると錯覚するほどのおぞましさが、彼女の精神のタガをいとも簡単に吹き飛ばした。

「イィィヤァァァァァァァーッ!!」

それまで溜《た》め込《こ》んでいたモノが一気に爆発し、理恵はけたたましい悲鳴をあげる。まさぐられていたショーツのクロッチ部からは大量の液体が湧《わ》きだした。それは純白のショーツを金色に染め、タイルの床の上に湯気を立てて広がっていく。それきり、理恵の意識は奈落の底へと落ちていった。失禁し、失神してしまったのだ。

時を同じくして、半裸の彼女にまとわりついていた悪意の気配は、あたかも一陣の風に払われるように、その場から完全に消え去っていた。


どこか遠くにあるスピーカーから流れる午後5時を告げる調べ。黄昏《たそがれ》の闇《やみ》に支配された昼なお暗い路地裏。そこに積み上げられたビールケースの山の横で、秋人は膝《ひざ》を抱えてうずくまっていた。冷気に身を震わせ、ふと顔の前にかざした掌《てのひら》を見つめる。関節の皺《しわ》の数や指紋の形状を確認するように眺める虚ろな瞳。服用した薬の効力はとうに切れていた。

早朝の公園で透明人間になり、見ず知らずの娘を襲ったのは、もう10時間近く前のことだ。悲鳴をあげた娘が失禁とともに気を失い、そのことに動揺して逃げだした彼は、以来ずっと路地裏に身を潜めていた。ここに逃げ込む途中で服や靴は回収していた。そのまま家に帰ることもできたが、それをしなかったのはナンバー21の効果が残っていたからだ。薬の効果が完全に切れるまで待つ間、秋人は深い眠りについていた。路地裏にうずくまっていたのとほぼ同じだけの時間、彼はひたすら眠っていた。

寒さに目を覚ました彼の頭にまず浮かんだのは、公園での行為の記憶と後悔の念。そうだ。秋人は後悔していた。だがそれは、罪悪感に苛《さいな》まれてのものではない。抵抗する力を失った獲物を前に、最後までコトを果たせずに逃げだしてしまった自分への不満だった。

ゆっくり立ち上がった秋人は、冷え切った体をさすりながら表通りへと出る。すでに陽は落ち、辺りはとっぷり暮れていた。コートのポケットに両手を突っ込んで歩く彼は、今朝の記憶を何度も反芻《はんすう》し、再び公園へと足を向ける。

犯人は必ず犯行現場に戻ってくる。刑事ドラマでお馴染《なじ》みの法則を、図らずも秋人は実践していた。早朝引き起こした事件の結末を……、すなわち、放置したままだった理恵のその後を確かめるためである。

身を潜めていた路地裏から公園までは、駅ひとつ分も離れていない。夜の帷《とばり》が降りた園内は、人や車の行き交う賑《にぎ》やかな通りの喧騒《けんそう》から隔絶され、どこか存在を忘れられたように静まり返っている。各所に照明が灯《とも》っているとはいえ、こんもりとした雑木林が作る影が夜の闇にいっそうの暗さをもたらしていた。

秋人は真っ先にトイレを目指した。むろん女子トイレに入るわけにはいかないが、ことが警察沙汰《ざた》になっていれば、なんらかの痕跡《こんせき》が残っていると考えたのだ。しかし、小さな建物に、それらしい様子は見受けられない。公園の周囲で道行く人々の声にも神経を集中してみても、それらしい話といえば〝早朝に痴漢が出たらしい〟といった程度のものでしかなく、警察が動いた気配は微塵《みじん》もなかった。

薬の効力は完全に切れている。だが、興奮は未《いま》だに冷めやらずにいた。いいや、むしろ新たな興奮の種が体内に宿ったと言ってもいい。

「足りない……。まったくもって物足りない」

あの時、なぜ逃げだしたりしたのだろう？　何を気にする必要がある？　それとも、やはり焦りすぎていたのだろうか？　そんな必要などないのに……。

せっかく相手は気を失ったんだ。もっとタップリいじり続けてやればよった。正直、あの娘のアソコもじっくりと観察してみたかった。そんな淫《みだ》らな思いが頭に浮かぶ。

「いいさ。時間はいくらでもある」

ナンバー21があれば、なんだって、何度だってできる。込み上げる高ぶりに身を震わせて、秋人は事象の地平のもっと先にある何かを見たくなっていた。

「邪魔するものは、ない。自制する必要だって、ない」

ひとりごちた彼は、闇が集う場所を抜け、車のライトが流れる幹線道路へと歩く。

「あら？　日向くん？　日向くんじゃないの」

いきなり声をかけられて振り返る先に、見覚えのある顔の女性が立っていた。

「ハヤシコ……先生？」

「林子って……、久々なのにずいぶんね」

「あっ、すみません……。大林《おおばやし》先生」

「冗談よ。その呼び方って久々に聞いたわ。キミ達の頃は、そう呼ばれてたんだっけね」

感慨深い眼差《まなざ》しを送る女性は、秋人が通う明美学園の高等部教師で、かつて彼のクラスの担任を務めた大林礼子《れいこ》。妹の翼も通う高等部は大学と同じ敷地内にあった。それでも、マンモス校として全国に名を馳《は》せる私立明美学園のキャンパスは広大な敷地面積を誇っており、ふたりが顔を合わすのもかれこれ2年ぶりになる。

「奇遇ね、こんなところで会うなんて。もっとも、日向くんの家はこの近くだもんね」

「大林先生は、どうして？」

「学校の帰りよ。来月に卓球部の試合があって、その練習をね。わたしは顧問だから」

「なるほど」

頷《うなず》いた秋人は、あらためて礼子の姿を眺める。フレームレスのメガネと切れ長の目が知的な印象を醸《かも》しだす三十路《みそじ》近い女性教師は、ライムグリーンのタイトなスーツに身を包んでいた。休みの日に、しかも運動部の練習に出る格好としては違和感を覚える。

「日向くん、背、少し伸びたんじゃないかしら？」

黒いストッキングをまとう美脚がタイトスカートからスラリと伸び、ハイヒールへと達していた。ヒールの差を抜きにしても、秋人のほうが若干背が高い。

2年前は確か同じくらいだったか……。そんなことを考えながらも、彼女がそこまで憶《おぼ》えていたのを意外に感じる。かつての担任とはいえ、今では単なる知り合いのひとりでしかないのに、だ。当時の記憶を呼び起こしながら、彼の視線は礼子の姿を万遍なく眺めていた。ある感情を込めて……。

「そうですか？　先生こそますますお綺麗《きれい》になられたみたいで」

「フフ……。ありがとう。日向くん、ちょっと変わったかな？」

何気ない言葉にドキリとする秋人。自分の胸の内を見透かされたと勘繰ったのだ。

「お世辞なんか言うタイプじゃなかったと思うんだけど？」

「そんなつもりじゃないですよ」

「やっぱり、変わったわね」

ひとり納得して笑う礼子。その途端、スーツの胸もとを大きく盛り上げる膨らみが揺れたのを、秋人は見逃さない。

「じゃあ、遅くなっちゃうから、わたしは行くわ」

「そうですね。今朝、この辺で痴漢が出たらしいですから。なんなら送りましょうか？」

「生意気言わないの！　これでも足には自信あるんだから。平気よ」

礼子としては大人《おとな》の余裕を見せたつもりだった。だがその強気な態度は、向き合う青年の心に燻《くすぶ》る感情に油を注いでしまう。秋人は彼女の言動の中にある種の匂《にお》いを感じ取っていた。それは、彼の姉である梓と同類のものだった。

公園の小径にヒールの音が響く。秋人と別れたあと、礼子は近道をしようと通りから外れたのだ。別にこの日に限ったことではなく、いつもの習慣ではあったけれど、今夜は木立に覆われた静けさが妙に気になっていた。そのせいか無意識に声が出る。

「あの子、ずいぶん変わってたなぁ……」

何かあったのかしら？　教師としての経験が、ふとそんなことを考えさせる。それでもすぐに、男の子はみんなそんなものかと考え直した。

園内を流れる人工の小川に沿った小径を多少速い歩調で進み、遊戯広場に出る。広場の先には階段があり、フェンスで囲まれたグラウンドを見降ろす高台になっていた。礼子は無意識に高台へと急ぐ。秋人が口にした痴漢のことが脳裏にこびりついていた。

小走りに階段を昇ると、急に視界が開ける。左手には階段状にフェンスへと下る観覧席があり、右手には敷地外縁の木立に向けて花壇が広がっている。漆黒《しっこく》の夜空に浮かぶ低い雲が、すぐ傍《そば》にある下水処理場の照明を反射して淡いオレンジ色に染まっていた。

ここを越えれば人通りのある住宅街に出る。いくぶん安堵の息をつき、礼子は歩調を緩めた。その直後、花壇のほうから物音がする。ハッとして目を向けるが、夜風に揺れる叢《くさむら》以外目につくものはない。野良猫だろうか？　以前、この先の下り階段の傍に猫缶が置かれていたことを思いだす。きっとそうに違いない。言い聞かせる耳にまたもや音届く。

「ひっ！」

礼子は息を呑《の》んだ。音に驚いたからではない。突然何かが自分に触れたのだ。反射的に後ずさると、今度は背後から何かが触ってくる。

「キャッ⁉」

短い悲鳴をあげ、周囲に目を配る。しかし、自分に触れたモノはどこにも見えない。にもかかわらず、彼女の身体に何かが触れてくる。まるで目に見えないナニモノかに囲まれたような気がして、礼子は恐怖した。咄嗟《とっさ》に、唯一囲みが途切れていると感じた花壇のほうへと走る。それはさっき物音がした方向ではあるが、音だけならまだマシに思えた。

花壇の間を縫う遊歩道は、緩いカーブを描きながら外縁の木立に沿って続き、再びもとの道に合流している。合流地点は階段の手前。相手が追ってくれば逃げ切れる自信はあった。事実、彼女の背後から足音が迫ってくる。あとはこのまま階段まで走り切れば……。

もっとも、ハイヒールでの全力疾走には無理があった。器用にバランスを取っていられたのもしばらくの間だけ、スピードは上がらず、ついにはナニモノかに足を掬《すく》われた。

「きゃあっ‼」

派手につんのめった女性教師は、もんどり打って花壇へと倒れる。勢い彼女は、花壇の奥にある木立の中へ転がり込んだ。あたかも追い詰められたかのように。

苦痛に顔を歪め、したたかに打ちつけた脛《すね》を摩《さす》る。視界を遮る木立の中で、息を潜めて追っ手の気配を探る。そこで彼女は、自分の脛を摩る手が2本あることに気がついた。

「なっ、なに!?　なんなの!?　暗くて何も見えない……」

「暗くなくても同じだ」

不意に闇の中から低く嗄《しゃが》れた男の声がする。

「確かにいい手触りだ。自信があるのは脚だけじゃないんだろ？」

「なっ！」

スーツのボタンが唐突に弾け飛び、ブラウスの胸もとが無残にも引き裂かれた。ラベンダー色のブラジャーに包まれた豊満な双丘が露になる。

「キャァァーッ！」

悲鳴をあげて身をよじるが、見えない魔手はブラさえも引きちぎり、たわわに実る豊乳を背後から鷲掴んで抱えるように持ち上げた。

「ヒ……、ヒィィ！」

剥《む》きだしにされた自分の胸を、礼子は驚愕《きょうがく》の瞳で見降ろす。熟れた乳房が、ひとりでにプルンと震えて弾んだ。誰かの手がこねまわしているはずなのに、指さえ見えない。

「あ……、嫌ァ……、アヒィ！」

恐怖に竦み、乳輪の中心に没していた乳首が、容赦なく加えられる刺激に薄紅色の顔をのぞかせた。瞬く間にビンビンに勃起し、見えない力でコロコロと転がされる。

「クク……。節操のないカラダをしてる。まるで牛だな」

「うぁ！　やっ、やめてぇ……。なんなの⁉　誰なのよ、いったい⁉」

「知りたいか？　だったら、こっちを向いてみろよ」

胸を揉《も》みしだいていた手の感触が、礼子の尖《とが》った顎《あご》にかかる。そして、そのまま強引に首をよじらせた。恐るおそる背後を振り向く礼子。しかしメガネの奥の瞳は、そこにあるはずの相手の顔を見つけることができなかった。

「えっ？　なんで？　い、いったい……どういうこと？　どこにいるの⁉」

「ククク……。見えているものだけがすべてじゃない。ちゃんと目の前にいるさ」

顔のすぐ前で声がし、湿った息が吹きかけられる。唖然《あぜん》として開かれた朱唇に、何かが吸いつき、ベロリと舐《な》め上《あ》げる。

「ヒッ！　イ……、イヤァ‼　ヤダッ！　やめて！　許してぇっ‼」

「ククッ！　なあ、未だにひとりも恋人ができないのか？　白状したら許してやるが？」

闇の中から声が囁《ささや》く。礼子は顎にかかる指の感触を振り解き、声から顔を背《そむ》けた。

「そ、そんなこと……、言いたくないわ！」

「フッ、そうかい」

目に見えぬ男は、あらかじめ答えを予想していたのかもしれない。あるいは、そもそも許す気などなかったのか。いずれしても、グイと背中を押され、礼子はどっしりした安産型のヒップを突きだす格好で前のめりになった。そんな屈辱的ポーズを取らされたまま、タイトスカートもろともパンティストッキングが引き降ろされ、ブラと揃《そろ》いのショーツがむしり取られる。瞬間、剥きだしになった無防備な秘裂に激しい衝撃が疾った。

「ハグッ!?　アッ！　ああっ!!」

ズブズブと下腹部を貫く灼熱《しゃくねつ》の凶器。鼓動とともにリズムを刻む鈍痛の合間に、時折響く鋭利な痛み。汗ばむ尻肉に、ドスンと何かがぶつかる。

「ウッ……グゥ！　痛いっ！　ヤ、ヤメッ！　抜いて！」

「キツキツだな。もしかして本当に初めてだったのか、先生？」

先生？　最後のひと言に、礼子の細い眉《まゆ》がピクリと動いた。これは行きずりの凶行ではない。相手は自分の素性を知っている。いつの間にかストーキングされていたのか？

「こっ、こんなことして……。ううっ！　つ、捕まるわよっ！」

「クックッ！　まだ余裕があるようだな？　だが、どうして捕まると言える？」

男の声が嘲笑《あざわら》った。根もとまで埋めた凶器が膣内《ちつない》を物色し、異物の侵入にざわめく肉襞《にくひだ》を貪《むさぼ》る。緩やかな抽挿《ちゅうそう》が始まると、声は続けた。

「ひとつ教えてやるよ。もうこうなったら逆らっても無駄だ。相手がわからない以上、これはあんたの自慰行為の延長さ。普段からしてるんだろ？　オナニーを」

「勝手なことを……ウッ！　ウクッ！　ああっ！」

抗《あらが》いのセリフは、突然勢いを増したピストン運動の前に呻《うめ》きへ変化する。

「その証拠に、あんたのココ、かなりヌルヌルしてきてる。可愛《かわい》いとこあるじゃないか」

「う、嘘《うそ》よっ！　そんなの……。くっ、そんなっ！　そっ、そんなのデタラメよォっ！」

「教師が嘘をついちゃいけない。あんたのマ○コ、俺のを美味《うま》そうに呑み込んでる」

「そ、そんなことっ！　うぅっ！　あっ、ああっ！　いやぁっ!!」

認めたくなくとも、礼子は確かに声の言うとおりの状態にあった。そればかりでない。未だに恋人のひとりもいないということも事実だ。子供の頃から優等生だった彼女は、知らずしらずに堅固な鎧《よろい》をまとうようになっていた。そう、潔癖なモラルという鎧を……。

恋人ができない理由の大半は、教師という立場上、自らに課したストイックさによる。けれど、アンビヴァレンツな生き物である人間は、モラルに縛られれば縛られるほど、心の奥にインモラルな欲望を溜め込むものだ。それは無意識に滲み出て、決壊のチャンスをうかがっている。礼子とて例外ではない。最初は下着や服のチョイスに始まり、いつの頃からか、マンションの部屋にひとりきりでいる時、今ある現実同様の行為を妄想して自らを慰めるに至っていた。そんな自分の弱さを恥じ、ますます鎧を堅固にする彼女。結果、男は誰も寄りつかなくなる。礼子自身は抑圧からの解放を望んでいるというのに……。

「あっ！　んぁっ！　あっ！　あっ！　あああんんっ!!」

異常なシチュエーション下での激しい突き上げ。モラルの鎧は、引き裂かれた服同様にボロボロだった。熱く火照る下腹部へ情け容赦のない悦楽が刻まれる。ひとりでする時には味わえぬ興奮に、身も心も支配されていく。理性の堤防はまさに決壊寸前だった。

「なんだ、しっかり感じてるじゃないか！　えぇ？　ハヤシコセンセ！」

言われた礼子はハッとする。わずかに残った教師としての誇りが敏感に反応した。

「その呼び方……。それに、さっきから聞いてるその声……。ま、まさかあなた!?」

答えの代わりに返ってきたのは、圧《お》し殺《ころ》した笑い声。

「クク……。俺は先生のそういうところを尊敬してたよ。学ぶところのない教師達の中でも、あんたからだけは、今みたいな機転の使い方を学んだ気がするんだ」

「嘘……でしょ？　嘘よね？　あなたが……、まさか……」

「これは感謝の印だ！」

いきなり、淫裂《いんれつ》を貫いていた凶器が引き抜かれた。同時に、髪を掴まれ、後ろへ引っ張られる。バランスを崩して尻餅をつく礼子。虚を衝《つ》かれて茫然《ぼうぜん》とする顔に、異臭を放つ大量の熱い粘液がぶち撒《ま》けられた。

「んんっ！　んむぅ！　嫌ァ……ンッ！　んぶぶ……」

「よく味わえよ。こういうことを待ち望んでいたんだろう？」

「うぐっ！　ゲホゲホ……。んくっ、あなた……、狂ってるわ！」

「そうかもな」

声は言い、ダラダラと滴る白濁の汁を柔らかな胸に押しつけ拭《ぬぐ》う。

「何がそんなにもあなたを変えてしまったの？　日向くん、もうこんなことはよして。わたしでよければ、いくらでも相談には乗ってあげるから……」

「余計なことは言わなくていいっ！　それとも、大通りまで引きずってやろうか？」

見えない相手の言葉が現実に目を向けさせた。この状況で公衆の面前に引きだされたりしたら、今まで築き上げてきた人生がすべて壊れてしまう。

「お、お願い……。今日のこと、誰にも言わないで。こんなことが世間に知れたら……」

考えただけでも背筋が凍る。得体のしれないナニモノかに襲われるという現実感に乏しい恐怖とは別の、まさに今そこにある危機が頭に浮かんだ。

「お願いよぉっ！　なんでもするから！　いつでもさせてあげるから！」

虚空に向かい哀願の眼差しを送る礼子が、祈りを捧《ささ》げるように両手を握る。腕の間に挟《はさ》み込んだ豊満な胸を強調し、腰をクネらせて剥きだしの尻を揺する様は、モノ欲しげに媚《こ》びるオンナそのものだった。

—それが本音かよ！　生憎《あいにく》だが、あんただから襲ったんじゃない。別に、あんたなんかに執着する気はないんだよ。じゃあな、牛女、機会があったらまた襲ってやるよ」

それきり、声はまったくしなくなった。気配も音もない。取り残された礼子は、闇雲に周囲を見まわし、絶望の声をあげた。

「ま、待って……。待ってェェェェーっ！」


午後10時。薬の効果が切れたことを完全に確認してから、秋人は何喰《なにく》わぬ顔で日向家へと戻った。梓は相変わらず呑み歩いているらしく、出迎えたのは桜子と翼のふたり。家出をしてしまったのかと心配していた妹達に適当な言い訳を告げ、彼はそそくさと自室に籠る。とりあえず今夜は、温かなベッドでゆっくりと眠りたかった。明日からのために。

眠りに落ちる寸前のぼやけた意識で、秋人はあるひとつのことを考えていた。それは、居場所を失った彼が敢《あ》えて家に戻った理由……。

そう、〝裏切り者〟に復讐するということだった。

第五章　復讐の狼煙《のろし》

「さぁて。これからの準備を整えておかないとな」

目が覚めるなり、秋人は以前作った薬液のリサーチペーパーを念入りに整理し始めた。今後の計画に役立つ道具を開発するためである。これから何が必要になるのか、何を作ればいいのか、すでにアイディアはまとまっていた。没頭すれば、さして時間もかからずに完成するだろう。

資料の束を抱えて部屋を出るなり、ダルそうな顔の梓と出喰《でく》わした。

「あれ？　あんた、帰ってたの？」

「それはこっちのセリフだ。夕べも遅かったみたいだな」

梓は、それこそお互い様と言わんばかりに肩を竦《すく》めて見せる。

「あ……、そうだ。あんたさ、あたしの部屋の鍵《かぎ》知らない？」

「なくしたのか？」

「どこかで落としたかなぁ？　スペアがあるから別にいいんだけど、あんた見てない？」

「知らないな」

秋人はとぼけ、フイと彼女の脇《わき》をすり抜けた。長姉の秘密の淫事《いんじ》を目の当たりにしたあの夜、彼は鍵を掌中に収めていが、むろんそれを返すつもりはなかった。

階段を降りると、その足音に気づいた桜子がキッチンから顔をのぞかせる。

「あ、秋人。ちょっといい……かな？」

「なんだ？」

桜子は昨夜秋人が帰宅した時にも見せた、まるで腫《は》れものにでも触るような態度を崩していない。一方の秋人は、かすかに苛立《いらだ》ちを覚えるものの、我慢できないほどの憤りは感じなかった。むしろ、どこかふっきれた表情を浮かべている。

「あの……、前に相談した旅行の件。わたし、行こうと思うの」

「ああ、それがいい」

「じゃあ、悪いけど留守中のこと頼めるかな？」

「ああ、なんとか適当にやるさ」

そう言って秋人が笑った。桜子も安心したように微笑《ほほえ》む。実のところ彼女は、未《いま》だに旅行には気乗りしていなかった。ただ、突然黙って家を留守にした秋人とのギクシャクした関係を修復したい一心で、冷却期間を取りたいと考えていた。そのためには、しばらくお互い顔を合わせずに、現在・過去・未来を冷静に見つめ直す必要を感じていたのだ。友人達《たち》との旅行は、まさにそのためのものだった。それは、秋人の留守中、考えに考えた結論ではあったけれど、今の彼の態度を見ていると、すでに物事が好転しているようにも思える。以前梓が言ったように、気持ちを落ち着かせ、普段の日常を取り戻したのだろうか？

「ねぇ、秋人……」

「ん？　まだ何かあるのか？」

口調こそぶっきらぼうだが、それとていつもの反応だ。秋人は変わった。未だにわだかまりを持っているのは自分自身だけに思え、桜子は少々恥ずかしくなった。

「ううん。ごめんね、なんでもない」

旅行の間にわだかまりを捨てよう。再び家族の絆《きずな》を取り戻そう。桜子は胸に誓い、地下室へと降りる義兄の後ろ姿を見送った。


穏やかに晴れ渡る空。暖かな陽射《ひざ》しが降り注ぎ、心地よい風が優しくそよぐ。その日は絶好の旅行日和だった。

「ほらー、バスに遅れるよぉー！　急いで急いで！」

まるで自分が旅行に行くかのようにはしゃぐ翼の声。日向家の玄関前で、珍しくめかし込んだ桜子がバッグを抱えて振り返る。

「じゃあ、行ってくるけど、わたしがいない間よろしくね」

「ああ、気をつけてな」

「いってらっしゃーい！」

「楽しんでおいでー」

秋人、翼、梓の3人に見送られ、桜子はゆっくり歩きだした。2泊3日の旅の始まり。考えてみれば、家族と離れて数日間も家を留守にするのは修学旅行以来だった。母親代わりの身としては、不安がないわけではない。殊《こと》に留守番をする3人は、いずれも家事には無頓着《むとんちゃく》な性格だった。その辺り、梓も翼も父親似で、桜子だけが亡くなった母親の性格を色濃く受け継いでいるのだろう。そして秋人は……。実の両親の性格が出ているのか、はたまた育った環境に影響されたのかはともかく、血の繋《つな》がりがなくとも日向家の家族なんだと桜子に実感させる。そうだ。20年も一緒に暮らした家族なんだと……。

見送りを終えた3人は、ゾロゾロと家の中に入った。時計の針が午前7時になろうとしている。春休みが始まってからこっち、こんな時間に3人とも起きていることは一度もなかった。

「さて！　桜子も見送ったし、あたしは二度寝するからね」

「えー？　お姉ちゃん、また寝ちゃうの？」

「当然でしょ？　あたしは基本的に夜型なの」

「お兄ちゃんは？」

「俺《おれ》は地下室で研究をする」

「そうなの？　でもお兄ちゃん、いつも昼間は地下室に行かないじゃない」

「いつもは寝てるからな。起きている時は時間を有効に使いたい」

「ふーん。じゃあ、翼は〝のらクエ〟でもして遊ぼっ」

3人は思いおもいに過ごすため、その場で解散することになった。

2時間ほどして、日向家の電話が鳴る。

「あ、電話だ」

TVの前でコンシューマーゲームに興じていた翼は、呼びだし音に反応したものの、電話に出ることができなかった。専用の入力デバイス上で踊りながら遊ぶ〝のらクエ〟は、いったんダンスシークエンスが始まってしまうと踊り終えるまでセーブができない。まさに今、少女は成長著しい大きな胸を激しく揺らし、ダンスに突入したばかりだった。

「桜子ちゃんからかな？」

ダンスを途中でやめることは、ゲームオーバーを意味する。翼は焦った。梓は二度寝の最中で、何が起きても目を覚まそうとはしないだろう。防音の効いた地下室に篭もる秋人に至っては、電話のベルが鳴っていることに気づいているかも怪しい。

「あ〜ん！　困ったァ〜っ‼」

それでもしっかりダンスのステップだけは続けている。そうこうするうち、ベルは唐突に鳴りやんだ。恐るおそるリビングの電話機へと目を向ける。すると通話中のランプが点灯していた。どうやら玄関にある親機で、誰《だれ》かが受けたようだ。リビングに流れるゲームミュージックに混じり、秋人の声が聞こえた。

「助かったァ〜」

安堵《あんど》の息を洩《も》らしてダンスに専念した翼は、なんとか踊り終えたあとでセーブし、廊下に顔を出す。ちょうど秋人が受話器を置くのが見えた。

「お兄ちゃん、桜子ちゃんから？」

「あ？　ああ……。これから東京駅を出るそうだ」

「相変わらずマメだねー。わざわざ報告しなくてもいいのにー」

苦笑する翼に相槌《あいづち》を返し、秋人は階段を昇ろうとする。

「あれ？　お兄ちゃん、研究はもう終わり？」

「いや……。化学反応の結果待ちだ。しばらく時間がかかりそうなんでな」

「ホント？　じゃあさ、翼と一緒に〝のらクエ〟やろーよ！　対戦相手募集中なんだ」

言うが早いか、少女は兄のもとに駆け寄り、腕を掴《つか》んで放さなかった。こうなってはテコでも動かない。秋人は観念したように渋々承知した。


換気扇が低く唸《うな》っている。どうしてつけっぱなしにしてたんだろう？　桜子はぼんやりと考えていた。早く止めなくちゃ……。

「う……。う……ん？」

頭が重く、身体《からだ》がダルい。加えて、目の前はあまりにも薄暗かった。

「今って何時なのかしら？　それに……、ここはどこ？」

霞《かすみ》がかった意識が、しだいにはっきりしてくる。確か、家を出てバス停に向かったはずだった。けれど、バスに乗った覚えがない。記憶が酷《ひど》く曖昧《あいまい》だ。

瞬きを繰り返す目を擦《こす》ろうとして、桜子は息を呑《の》んだ。腕が後ろ手に縛られている。

「ど、どうして!?」

理由がわかるはずもない。そもそも彼女は、自分が置かれている状況さえも明確に把握できないでいるのだ。半ばパニックに陥る桜子の耳に、かすかな物音が届く。

「だ……、誰？　誰か……いるの？」

返事はない。代わりに、何かがそっと頬《ほお》を撫《な》でた。

「キャァ！」

驚いて周囲を見まわすが、闇《やみ》の中に人の姿は見えない。

「な……、なんなの？」

揺れる瞳《ひとみ》に恐怖の色が浮かぶ。その瞬間……。

「キャアァッ！」

腕を縛られたまま、彼女は大きく肩を振った。スモックブラウスの胸を大きく膨らませる双丘に、目に見えぬ何かが喰い込んでいく。

「あっ！　ヤ……、ヤメテッ！」

激しく身をよじって冷たい床の上に転がる桜子。その拍子にブラウスは引き裂かれ、豊かな胸の膨らみを覆っていたブラジャーもむしり取られてしまう。均整の取れた美しいラインが露《あらわ》になった。弾力ある瑞々《みずみず》しい乳房が薄闇に躍る。汚れを知らぬ薄ピンク色の乳首は、桜子に似合いすぎている。その肉乳がキュンと摘《つま》まれる。

「イアァゥッ！　アッ！　ウッ！」

乳房の頂を刺激する感触に彼女は身をクネらせた。乳首がこねまわされるたびに、得体のしれぬナニモノかから逃れようと肩を振る。だが、それ以上は何もできない。身を拘束された桜子には、抵抗はもちろん、乳房を隠すこともままならない。

「ウッ！　アゥッ！　だ、誰か！　誰か、助けてっ！」

たわわな乳房を力強く揉《も》みしだくナニモノかが、頂で震える突起にむしゃぶりつく。

「アァ！　アゥッ！」

鮮やかに色づく乳輪を舐《な》めまわされ、突起した乳首を転がされる。だが、桜子には目の前にいるはずの相手の顔が見えない。なぜ？　理解できない恐怖に身が竦む。

「んっ！　あっ！　ああ……、ナンナノッ⁉」

きめ細かい白い裸身にザラリとした感触が刺激を加える。その都度、桜子は敏感に反応して声を洩らした。そして……。

「あっ！　あっ、だ……、ダメッ！」

彼女の拒絶の言葉は、自分の下腹部へ伸びた得体のしれない何かに対してだった。露出した上半身をまさぐる感触が太腿《ふともも》に移動し、本能的に下半身の危機を悟ったのだろう。

「イヤァッ！　誰か、助けて……」

恐怖に震える声はその先を詰まらせる。荒々しい力が、ロングスカートを乱暴に引き裂き、純白のショーツを強引にむしり取る。瞬く間に彼女の下腹部は剥《む》きだしにされた。

「キャァァァーッ！」

恐怖の叫びをあげ、反射的に強く退く。冷たい闇の中、じりじりと後ずさることしかできない桜子。その心は完全に恐怖に染まっている。髪を振り乱し、怯《おび》える眼差《まなざ》しを虚空に送っている。ほとんど全裸といっていいほどに露出した肌が、わずかな光に照らされて艶《なま》めかしく浮かびあがる。その背中が、壁に当たって止まった。もはや逃げ場はない。

「イヤァッ！　やめてっ！　助けてっ！」

見えないナニモノかが、ピタリと閉じられていた太腿を無理矢理開かせる。割り開かれた腿のつけ根に、香《かぐわ》しい匂《にお》いを放つ秘密の花園が広がる。

「いやぁ……。姉さん！　翼ァっ！　秋人ォーっ‼　誰かっ、誰か助けてっ！」

おぞましい感触が散々に花弁を弄《もてあそ》んだ。家族の名を叫び続ける桜子は、突然見えない力に転がされる。冷えた床に豊満な肉房を圧《お》しつけ、そのくびれたウエストがグイと持ち上げられた。宙に突きだされた格好のヒップがプルプルと小刻みに震える。

「アゥッ！」

桜子が唇を噛《か》み締《し》めた。無防備な陰唇がグニャリと歪《ゆが》む。熱く硬い目に見えぬモノが圧し当てられ、窮屈な膣内《ちつない》へと少しずつめり込んでいく。

「ウッ……、クッ！　アッ！　グ！　くぅぅぅうっ!!」

情け容赦なく体内へ侵入する凶器。破瓜《はか》の痛みに耐える桜子は苦悶に打ち震えた。ズブズブと埋め込まれてゆく感触とともに、強《こわ》ばる背中が総毛立つ。瑞々しい肌に汗が滲《にじ》み、ギュッと閉じた目の端から涙の雫《しずく》がこぼれ落ちた。間もなくして、膣内半ばまで達していた灼熱《しゃくねつ》の棍棒《こんぼう》が、一気に最奥まで捩込《ねじこ》まれる。

「ウッアァァァァァーッ！」

ズンという衝撃が体内を襲った。彼女は突き上げたヒップを痙攣《けいれん》させ、息をするのさえ辛《つら》そうに、歯を喰い縛る口で短く浅い呼吸を繰り返す。

どうして？　わたしが何をしたの？　なんで、こんな目に？　浮かんでは消える疑問。その言葉の代わりに口を衝《つ》く苦悶の喘《あえ》ぎ。

「アッ……ク……、ウアッ！　イタイッ！」

桜子の尻頰《しりぼお》に鋭利な痛みが疾《はし》る。何かに引っかかれてでもいるような痛みだ。次いで、ジンジン痺《しび》れる膣内に埋め込まれた凶器が徐々に動き始めた。緩いストロークのピストンがまとわりつく肉襞《にくひだ》を貪《むさぼ》り、時折加えられるグラインドが破瓜の血を滴らせる柔唇を押し広げる。桜子はただ、火照る頰を床に押しつけ、むせび泣くより他になかった。

「アァッ！　アァッ！　アッ！　アッ……ウック！　アッウ！」

闇に響く桜子の悶《もだ》え声。まあるいヒップが揺れ、汗を浮かべる裸身が妖《あや》しく身をクネらせる。不自然に押し広げられた秘肉の隙間《すきま》から、鮮血の混じった生ぬるい粘液が滲みだしていく。無残な喪失感と悲惨な汚辱感。耐えがたい絶望が桜子を嬲《なぶ》る。

「もう……いやぁっ！　姉さん！　翼！　秋人！　誰か……、来て……」

何度声に出しても、名を呼ぶ相手は姿を見せない。誰も助けに来てはくれない。やがて彼女の朱唇は、救いを求めることを放棄してしまう。

「あっ！　あっ！　んんっ！　んっ！　あぁっ！　うくっ！」

体内を貫くピストン運動がますます激しさを増し、打ちつけられる激しいぶつかり合いに、桜子の尻肉が波紋を立てて鳴る。その間隔も、どんどん短くなっている。

「あっ！　いやっ！　あっ！　あっ！　ああっ！」

鼓動が速まり、喉《のど》から搾りだされる声にかすかな色が混じり始める。

「はぁっ！　はぁっ！　こっ、こんなっ!?」

彼女の熱を帯びた吐息には、もはや絶望の色は見当たらなかった。そこにあるのは、白い肢体を染めるのと同じ悦楽の桜色……。それに呼応するように、体内を荒らす凶器が最後の突き上げを繰りだした。

「ふぁっ！　んっ！　ぐぅっ！　あっ！　あっ!!」

体内奥深くを抉《えぐ》られ喘ぐ桜子。次の瞬間、膣内からヌプリと凶器が抜き去られた。

「うっく！」

奥歯を噛み締める彼女の裸身に、虚空よりの濃い熱液が降り注いだ。たった今汚されたばかりの美しい肢体が、今度は目に見える形で汚されていく。

「はぁっ……はぁっ！　うっ……、はぁ……はぁ……」

熱い息を吐いたあと、桜子は全身からガクンと力を抜いた。涙に濡れた頬を床につけたまま、全身をわななかせている。もしもこの時、彼女がチラリとでも背後を仰ぎ見ていたのなら、宙空に浮かぶ血と粘液に塗《まみ》れたモノを目にしていたことだろう。濡れ光り、輪郭《りんかく》を現したそれは、今なおタラタラと残り汁を滴らせていた。

桜子は目を開けることもできずに、そのまま身を投げだしている。宙に浮かぶモノ同様複数の体液に塗れた肢体は、緩やかに上下し、艶《つや》やかに汁光っていた。恐怖に怯え、消耗しきった身は、もはや抵抗という言葉を忘れたかのようにグッタリ横たわっていた。

それをいいことに、次なる仕打ちが彼女を襲う。縛られていた腕が解放され、代わりに鎖を繋いだ首輪が巻きつけられたのだ。輪の留め金錠に鍵がかけられた瞬間、その感触にハッとした桜子が目を開いた。ふと宙を泳いだ桜子の瞳が、とある一点を凝視する。そのまま目を細めたり見開いたりしつつ、ゆっくりと驚愕《きょうがく》の表情を浮かべる。

「う……、嘘《うそ》……でしょ？」

桜子の喉が震える声をひり出した。彼女の驚きと恐怖は、今まで以上だ。

「ど……、どうしてっ⁉　これって、どういうことっ⁉」

蒼《あお》ざめ、凍りついた桜子の表情。その瞳は相変わらず虚空の一点を見つめている。

「嘘よっ！　嘘っ！　そんな……、まさか秋人だなんてっ⁉」

桜子の見つめる宙空で、目に見えぬ動揺が疾った。なおも彼女は喚《わめ》く。

「どうしてなのっ⁉　ねぇ、秋人！　わからない……、わからないよっ、わたし！　なんとか言って！　説明してよ！　秋人ォ‼」

涙に濡れた頬を引きつらせ、桜子は次々と言葉を紡ぎだす。

「こんなことあり得ない。あっていいことじゃないのに……。聞いてるの、秋人？　わたし……、わたし、わからないよ……。秋人の考えてること、全然わからないよっ！」

「そうだろうな。桜子にはわかるはずがない……」

不意に闇の中から声がした。それまで無言に徹していた凌辱者《りょうじょくしゃ》が、ついに口を開いたのだ。その声は紛れもなく秋人のものだった。

「桜子、透明人間って知ってるか？」

「ま、まさか⁉　秋人がしていた実験って……」

「お陰で、最初から俺だとわかっていたなら味わえないスリルを楽しめただろ？」

透明人間？　スリル？　楽しむ？　信じられない言葉の連続に桜子は絶句した。

「それでどうなんだ？　抱かれたのが俺だとわかって、もっと興奮したか？」

「言わないでっ！　なんて汚らわしいっ！」

何度も頭を振って拒絶する桜子。そのたびに首輪の鎖が耳障りな音を立てる。

「ククッ、汚らわしいか……。そうだな。俺には桜子が持つ高潔な血は流れていない。だが、その汚らわしい男の精液に塗れているのは誰だ？　桜子がそんなだから、俺は……」

「秋人……」

哀れみにも懇願にも聞こえる声。首に巻きつく首輪の感触を手で確かめ、桜子はさらに嘆くように呟《つぶや》いた。

「でも、こんなの間違ってる！」

「その強気は梓姉と同じだな。だが、果たしていつまで続くやら」

秋人の透明な手が、実験台からグロテスクな器具を掴んだ。

「なっ！　な、なんなのっ、それっ⁉」

節くれ立つ異様な棒がついたベルト状の器具が、宙を漂い、桜子の目の前で止まった。

「い、嫌ァっ！　近づけないで！」

「そんなに怖がることはないさ。これは俺の自信作のひとつだ。急造にしてはよくできてると思わないか？」

「だから、なんなのっ⁉」

「貞操帯だ。しかも桜子のために趣向を凝らしてある。ここを見てろよ」

カチリと音がして、ベルトの中央に備えつけられた棒が不気味に蠢《うごめ》きだす。

「ヒッ！　いやぁっ！　気持ち悪い！」

「クク……、似ているだろう？　男のモノにさ。バイブ機能はリモコンで操作できる」

「な……、何を言ってるのよ、秋人。あなた、本当におかしくなってしまったの？」

「その言われようは心外だな。俺は正気だよ」

「そ、それをどうする気⁉」

「セットする。ハメるんだよ、桜子のマ○コに」

卑猥《ひわい》なセリフとともに、貞操帯が宙を滑る。桜子の下腹部を目指して……。

「イヤァ……。イヤァァッ！」

「暴れると怪我《けが》するかもしれないぞ。おとなしくしていろ！」

「そんなの入らないっ！　やめてよぉっ！」

「心配するな。バイブの部分には潤滑油が塗ってある。特製のな」

見えない秋人が下半身にのしかかり、両脚をガッチリ抱え込んだ。まだ体力の回復しない桜子は、泣こうが喚こうが成す術《すべ》なく彼の思うがままだ。さっき散らされたばかりのヒクつく花弁の中心に、グチュという音を立てて男根を摸《も》したバイブを埋め込む秋人。

「あっ！　あ……、ウグッ！　あ！　ああっ！　うっ……、ぐぅぅっ！」

きっちり根もとまで飲み込ませ、即座にベルトを固定し、鍵をかける。

「どんな感じだ？」

「あっ！　あっ……うっ！　ぐ……ああっ！　あっ！　く……うぅっ！」

「言葉もないか。もっとも、さすがについさっきまで処女だった桜子にはきついか？」

「いやぁ……あっ！　はっ、外してっ！　これを外してっ！」

朱唇を衝いた懇願に、秋人は自分が透明になっていることも忘れて首を横に振る。ニヤリと口もとを歪ませ、小さなリモコンボックスを手にした。この場合、透明であることの心理的効果は絶大だった。普通なら指に隠れてしまうスイッチが、ジワジワと押し下げられていくのが克明に見えるのだから。その光景に桜子が叫ぶ。

「うっ……あっ⁉　いやっ！　スイッチを押さないでっ！　そんなことされたら……」

しかし、願いは虚《むな》しく、ベルトを巻きつかせた下腹部から篭った音が洩れ聞こえる。

「ンアアァアッ！　イヤッ！　ンアッ！　ハズシテッ！」

突発的に腰を浮かせ、派手に跳ね上げる桜子。のけ反る肢体が、体内からの激しい振動を受けてブルブルと震えた。

「アアアッ！　クゥ！　こっ、壊れちゃうっ！」

下腹部に当てた両手が貞操帯を外そうと必死にもがく。

「首輪も貞操帯も、俺の開発した特殊素材でできている。残念ながら桜子の力で外すことは不可能だ。むろんベルトを引きちぎることもな」

「ンンッ！　あっ！　ああーっ！　ンああ！　おっ、お願いっ！　その鍵をっ！」

「ダメだ。それに、そいつを外して困るのは桜子だぞ」

「な……、何を言って……」

「さっき潤滑油と説明したあの液体。あれも俺の試作品なんだ。一種の興奮剤でな。いわゆる媚薬《びやく》といわれる代物だ」

「び……、媚薬!?」

桜子はギョッとした。振動する張り形だけでなく、そんなモノまで体内に入れられ、果たして自分はどうなってしまうのだろう？

「ううっ……、秋人……、どうしてそんなっ!?　あっ！　ああ……、あううっ!!」

会話をしている間も、桜子の膣内に埋まったバイブは休むことなく動いている。彼女はまるで尿意を堪《こら》えているかのようなポーズで、膣内のうねりに必死に抗《あらが》っていた。

「これは礼さ。復讐という名のお礼だよ。まぁ、せいぜい楽しんでくれ」

「え？　ま……、待って！　秋人っ！　秋人、行かないでっ！」

返事はない。ただ、かすかに床を歩く音がして、静かにドアが開いた。射し込む光が実験機材に囲まれた室内を照らす。今なら助けを呼べる。そう思ったのも束《つか》の間《ま》、分厚い扉は声をあげるより先に重々しく閉じられてしまった。あとには再び闇だけが残される。

「イ……、イヤアァァァァァァァァァァァァーッ!!」

第六章　散り堕ちる桜、乱れ咲く

見えないココロに、見えないスガタは、日常で必要とされる秩序を消し去った。20年間ともに暮らして来た家族が赤の他人と知った時、念願だった透明化薬が完成した時、自ら透明人間になった時、苛立《いらだ》ちに衝《つ》き動《うご》かされて見ず知らずの娘に悪戯《いたずら》した時、欲望に任せてかつての恩師を襲った時、そしてついには桜子を毒牙《どくが》にかけた時、秋人は次々としがらみを断ち切って精神の解放を感じた。

もう、後戻りはできない。俺《おれ》は解き放たれたのだ。その喜びに震えていた。

自分の意志で。自分の力によって。

後悔も罪悪もない。満足さえしている。復讐は始まったばかりだった。

その第一段階である桜子の攻略は順調に進んでいた。媚薬《びやく》とバイブ付貞操帯の組み合わせは、思った以上の効果を発揮している。あとは時間との勝負だった。桜子の旅行の日程は2泊3日。遅くとも木曜の夜には家に戻っていなければならない。待ち合わせの場所に現れなかった桜子について電話で問い合わせてきた彼女の友人には、病気だと偽っておいた。電話があったことを知る翼は、その時に秋人が口にした狂言をなんの疑いもなく信じていた。あとは、残された時間の間に桜子を完全に服従させるだけだ。

梓と翼に怪しまれぬよう、食事などの時も含め、秋人は極力姉妹と顔を合わせる時間を取った。言わば、普段どおりの生活を心がけたのだ。桜子の様子を確認し、その手で辱《はずかし》めるのは研究や実験という名目で地下室に籠《こも》る時だけに限定した。にもかかわらず、すでに桜子は絶頂の快感を知り、悦楽を求めて自ら腰を振ることも覚えていた。すべては順調だ。

順調すぎるくらいだった。

「桜子のマ〇コ、昨日からずっと休まる暇がないな。俺は何度膣内《ちつない》で出したんだっけ？」

発明のための研究室であるはずの地下室は、淫欲《いんよく》の空間になり果てていた。全裸の秋人が粘液塗《まみ》れの桜子を深々と貫いている。この場所で桜子を辱めるのに、もはや透明化する必要はなかった。単に、オトコとオンナ、オスとメスであればいい。たった1日で従順な肉の虜《とりこ》になり下がってしまった桜子には、ペットの証である首輪さえついていなかった。

「あああぁ……はぁっ！　あっ！　はぁっ！　あっ、ああっ！」

「また、来そうなのか？」

秋人が力強く腰を突き入れると、虚《うつ》ろな瞳《ひとみ》を泳がせた桜子は大きく背筋をのけ反らす。

「あぁっ！　あぅっ！　あっ！　あっ！　あっ！　はぁぁっ！　くっぅぅぅっ！」

ガクガクと身を揺すり、ざわめく肉襞《にくひだ》が咥《くわ》え込《こ》んだ秋人の怒張を力の限り締めつけた。

「桜子は何回目だ？　6回目だったたか？」

小刻みに痙攣《けいれん》する膣内で、萎《な》えぬイチモツをグラインドさせる秋人。恍惚《こうこつ》に浸り、肩で息をする桜子が、涎《よだれ》を垂らす朱唇を震わせて囁《ささや》く。

「はぁ……はぁ……、まだ……するの？」

さすがに喉《のど》が渇いていた。秋人は肉棒をズルリと引き抜き、脱ぎ散らかした自分の服を掴《つか》んで立ち上がる。

「桜子、首を出せ」

「また……、首輪？」

「そうだ」

「そんなのしなくても……。わたし、たぶん……どうにもできないよ。こんな姿……、もし姉さんや翼に見られたら……」

「念のためだ」

ぶっきらぼうに応じ、肉奴隷に首輪をはめる。手早く服をまとい、秋人はおもむろにドアへと歩いた。

「秋人……、行くの？　待って、秋人。ひとりにしないで……」

「何をらしくないことを言ってる？　どういう魂胆だ？」

「魂胆？」

「それとも、まだヤり足りないか？」

「そうじゃないわ……」

桜子の声には複雑な響きが篭っていた。けれど、今の秋人にはその意味するところを理解しようとするつもりがない。彼は、地下室の照明を落として扉を開けた。

「またあとで来る」

ドアに鍵《かぎ》をかけ、1階への階段を昇ると、梓と翼のふたりが上から覗《のぞ》き込《こ》んでいた。

「あっ、お兄ちゃん！　ちょうどよかった」

「どうした？　なんでここに？」

心の動揺を抑え、あくまで平静を装う。声が洩《も》れていなかったことを祈るばかりだ。

「どうしたの～？　そんなに汗かいて？」

無邪気に問いかける翼。秋人には、汗の理由が桜子との淫行《いんこう》によるものか、あるいは今この瞬間に出た冷や汗か、判断できなかった。

「いや……、別に……。それより、ふたりしてどうしたんだ？」

「食事に出かけるから秋人を誘いに来たんじゃない」

そう言ったのは梓だ。前日の朝、桜子が出かける前に用意しておいてくれた料理は、もうとうに食べ尽くしている。女手は足りてはいるが、生憎《あいにく》ふたりとも料理は食べること専門で、作るのは大の苦手だった。もっとも、それは秋人にしても同じではあるが……。

「秋人も夕ご飯食べに行くんでしょ？　さっさと着替えてきたら？」

長姉に促され、秋人はいったん部屋に戻る。どうせならシャワーを浴びたいのだが、あまり待たせると梓が腹を立てること受け合いだった。いずれ彼女を足もとに平伏せさせるつもりではあっても、今はまだことを起こすわけにはいかない。汗に濡れた服を手早く着替え、急いで階段を駆け降りる。

「じゃあ、シュパァ～ツ！」

威勢のいい翼のかけ声とともに、3人は夜の街へと繰りだした。

日向家の生活水準は、中流の上、もしくは上流の下にあたる。子供達の中でアルバイトをしているのは梓だけで、それも家計の足しにではなく、自分の小遣いの足しに当てていた。一家の財布の紐《ひも》は桜子が握っているのだが、決して慎《つつま》しい生活を強《し》いているわけではなかった。この夜も、3人は新宿へと足を伸ばし、西口にある梓行きつけのオムレツレストランで食事を済ませた。

「はぁー、美味《おい》しかったー」

「翼は何を食べても、そればっかりよね」

「そんなことないよぉー！　桜子ちゃんの作ったものなら、激ウマってゆーもん」

右手でVサインを作り、思い切り突きだす翼。そのあとで、両手を頭の後ろに組み、テレくさそうにはにかんだ笑みを浮かべる。

「でもさ、お兄ちゃんと外食っていうだけで、なんか嬉《うれ》しくて余計に美味しかったよね」

「言われてみれば、あたし達って、しばらくこういうふうに歩くことなかったわね」

「うん……。全然一緒に出かけなくなっちゃったよね……」

姉妹のやり取りを横目に、秋人はひとり落ち着きがない。

玉子料理をたらふく食べ、地下室に残した桜子が気になりだしていたのだ。殊《こと》に股間《こかん》の分身が……。

そんな彼をよそに、梓と翼の会話は妙な盛り上がりを見せていた。

「翼、このままどこか遊びに行く？」

「えっ？　どこどこォ？」

「ゲームセンターでもいいわよ」

「ホントー？　行く行くゥー！」

「秋人も、行くでしょ？」

いきなり話題を振られた秋人は、面倒くさそうに首を横に振った。

「いや、いい……。俺は遠慮しておく。悪いがふたりで行ってくれ」

「つき合い悪いわねぇ……」

「お兄ちゃ〜ん！」

すがるような翼の眼差《まなざ》しを振り払い、秋人はすげなく背を向けた。


地下室の暗闇《くらやみ》の中で、膝《ひざ》を抱えて背中を丸める桜子は、ひとりぼんやりと考えていた。

このまま家族はどうなってしまうのか、と……。もちろん、簡単に答えが見つかるはずもない。ましてここ数日の秋人の変貌《へんぼう》ぶりは、まったく予想外のことだった。

もう以前のようには戻れないのだろうか？　血の繋《つな》がりはないとはいえ、兄妹でセックスをしてしまったことは拭《ぬぐ》うことのできぬ事実だった。過酷な現実に震えがとまらない。

不意に、小さな物音がして扉が開いた。逆光の中に秋人のシルエットが浮かぶ。

「秋人……。みんなは？」

「出かけてる」

「そう……」

小さく頷《うなず》いた桜子を見降ろしたまま、秋人はドアも閉めずに歩み寄った。

「桜子、俺から逃げるつもりはないのか？」

「そんなこと……、思ってないわ。逃げる場所なんて、ないもの……」

緩く首を横に振ったあとで、桜子はオズオズと秋人を見上げる。

「わたしの居場所は家族のいるここだから……。秋人だって、そうでしょう？」

「何が言いたい？」

「秋人にされたことを考えると……、わたし、どうしたらいいのかわからないの……。どうして、こんなことをしたの？」

「言ったはずだ。これは復讐だ。俺の居場所を奪った裏切り者達へのな」

「そんなの……、おかしいよ！　だって、誰《だれ》も秋人の居場所を奪ってないもの。秋人だって、何も変わらないって言ってたじゃない。わたし、秋人の本心が知りたいの！」

「俺は何も変わってない。俺はもともとこういう人間だったのさ。むしろ、変わったのは桜子達だろ？　特に桜子は変わりすぎだ。今の自分を鏡で見てみろ」

最後のひと言には下卑た響きが滲《にじ》んでいた。桜子の頬《ほお》が恥ずかしさに紅潮する。

「そんな言い方やめて！」

「フン！　口応《くちごた》えするのなら、ひとりでずっとここにいればいい」

「い……、嫌っ！　そんなの嫌っ！　こんなところで、ひとりは嫌なのっ！　秋人もここにいてよ……。じゃないと……、わたし……、もう……」

「なら、外に出るか？」

意外だった。あまりにあっさり言われたので、桜子は唖然《あぜん》として秋人を見つめる。

「勘違いするなよ、許してやるわけじゃない。俺に服従するならという条件でだ」

「で……、でも、姉さんや翼が……、わたし達の……関係に気づくことがあったら？」

「それは桜子しだいだろ？　知られるのが嫌だったら、せいぜい普通に振る舞うんだな」

「だ……、だけど……、もしそれでも気づかれたら？」

「そんなことは知らない。言い訳でもしろ。俺は痛くも痒《かゆ》くもないし、いずれは……」

言いかけた秋人は口を噤《つぐ》んだ。怪訝《けげん》そうな表情で見つめる桜子の瞳から視線を逸《そ》らし、無造作に首輪を外した。

「出るのか？　出ないのか？　出るなら早くしろ！」

結局桜子は地下室を出ることを選んだ。それはつまり、秋人への服従を誓ったことでもある。予定ではまだ旅行中だから、家のことが心配になって、ひとり途中で帰ってきたことにしておく。あとはまず、姉妹が帰宅する前に身を清めておく必要があった。

第六章　散り堕ちる桜、乱れ咲く

風呂場《ふろば》の脱衣所に入ると、あろうことか秋人がついて来た。

「ベタベタになってるのは桜子だけじゃないだろ？」

言うが早いか、彼はさっさと服を脱ぎ始める。

「だったら先に……」

「モタモタしていると、梓姉や桜子が帰ってくるぞ」

「そ……、そんなっ……」

「なんだ、服従するんじゃなかったのか？　それとも、また俺を裏切るのか？」

全裸になった秋人は風呂場のサッシを開け、桜子を突き飛ばした。

「や……、やめてっ……。酷《ひど》いよっ……、秋人……」

どうやら外食に出かける前に、梓が風呂に入ったらしい。浴槽には湯が張られていた。

湯槽の縁にどっかりと腰を降ろし、秋人はマジマジと桜子の裸身を眺める。

「こっち見ないでよ……、秋人……」

散々辱められたあとにもかかわらず、桜子にはまだ羞恥心《しゅうちしん》が残っていた。長い髪をアップにまとめながら、湯気に濡れた胸や下腹部を隠すように背を向ける。

「見ないで？　何を言ってる、見なければいけないのは桜子だ」

両手で桜子の肩を掴み、股《また》の間に強引に引き寄せた。

「きゃっ!?　秋人、何をするのっ？」

「お互い汚れた体を綺麗《きれい》にするんだろ？　だったらまずは、俺のを綺麗にしてくれ」

「なんでそんなところに顔を近づけなければいけないのっ？」

「自分が汚したんだろ？　綺麗にしてくれよ」

屹立《きつりつ》した肉棒を誇示し、桜子の眼前にさらす。

「ひっ！　そ、それに触るの？」

「確かに触らなければいけないが、石鹸《せっけん》で擦《こす》るわけじゃない、手は添えるだけでいい」

「だったら、いったいどうやって……」

後込《しりご》みする肉奴隷の頭を押さえ、秋人は自らの股間に顔を埋めさせた。

「決まってるだろ？　舌で舐《な》めて綺麗にするんだよ！」

「いっ、嫌ァっ！　んっ！　んんっ！」

汁汚れの浮かぶ男根を唇を閉じて拒絶する桜子。しかし、髪を掴んだ秋人は桜子の朱唇を強引に亀頭《きとう》の先へと導いた。首を振って拒み続ける桜子に構うことなく、熱く火照った肉棒を頬や唇に押しつける。

「んんっ……、んむぅ……、んっ！」

喘《あえ》ぐ口に無理矢理亀頭を含ませると、桜子はすぐに顔を背けた。

「やめてっ！　できないわっ、こんなこと！」

地下室で見せた従順さはどこへやら、怒りに頬を染め、大声で喚《わめ》き散《ち》らす。

「どうしてそんなモノを舐めるなんて発想が浮かぶの⁉　異常だとは思わないの⁉」

「桜子、もっと現実を知れよ。こんなこと誰でもやってる」

「そうだとしたって……、わたしと秋人は……」

「モタモタしていると、本当にふたりが帰ってきてしまうぞ。お前が口でしない限り、バスルームから出すわけにはいかないが？」

途端に桜子の顔が蒼《あお》ざめた。彼女にモラルがある限り、どうしたところで分が悪い。

「そんな顔をする前に、早く舐めたらどうだ？　それとも、無理矢理口の中に突っ込まれるほうがいいのか？」

ゆっくり瞬きをする桜子。逆らえないとわかっていても、なかなか行為に及べない。

「ああ……、できない……」

「何を今さら恥ずかしがる必要がある！　やるんだよっ！」

怒鳴られた桜子がビクッと首を竦《すく》める。すっかり気圧《けお》された桜子の潤んだ瞳が屹立する肉棒に注がれる。怖々と手を添え、震える朱唇の隙間《すきま》から小さく舌を伸ばす。赤く充血した亀頭を、緊張した舌先がぎこちなく舐めた。

「どんな味だ？」

「ん……、わ、わからないよ……」

「面白くもない答えだ」

不満を吐いた秋人は、「もう少しこっちに寄れ」とか「もっと舌を伸ばせ」といった指示を与え、裏筋や陰嚢《いんのう》さえも念入りにしゃぶらせる。

「うう……、秋人こんなことさせて何が楽しいの？　わたしにさせて満足なのっ？」

「いいから続けろ！」

「んっ……、んんっ……、んっ！　んぐ……んん……」

ピチャピチャチュバチュバと、淫靡《いんび》な音色がタイル張りの浴室内に反響した。

「どうだ、桜子？　こんなに間近で男のモノを見る気分は？　しかも、ずっと兄妹として一緒に暮らしてきた男のだ。格別だろ？」

嬲《なぶ》り文句を耳もとで囁き、秋人は口腔《こうこう》の奥へと怒張を突き入れる。

「ングゥッ！　ンー！　ンーッ！」

「いいぞっ。喉の奥が当たってる！」

「ンンッ！　ンンーッ!!」

肉棒を咥えた桜子が息苦しさにもがいた。その動きが秋人の欲望を瞬時に爆発させる。

「んはぁっ！　うっ……く……、ゴホッ……、ゴホッ！」

口の中に溢《あふ》れ返《かえ》る白濁液を吐きだし、粘液に肌を汚した桜子は激しくむせ返った。


「あ、あれ？　桜子ちゃん！　どうしたの？　なんでここにいるの？」

それが、リビングのソファに座る桜子と顔を合わせた翼の第一声だった。

シャワーを浴び、パジャマに着替えた桜子は、予《か》ねてからの打ち合わせどおり、家のことが心配で予定を繰り上げて帰ってきたのだと説明する。

「そうなんだ〜。お帰りなさい、桜子ちゃん！」

疑うということをまったく知らない末妹は「明日からまた、桜子ちゃんの料理が食べれるんだ〜！」とばかりに大喜びだった。

「ところで、梓姉は？」

「あっ、うん、呑《の》みに行ちゃった……」

「また夜遊びか……。ここ数日、毎日夜中までじゃないか？」

「ちゃんと帰って来てるのが不思議だよねー。あ、でも明日は一日中家にいるみたい」

翼の話によれば、別れ際、梓自身がそう宣言したらしい。

そうか。梓は明日家にいるんだな。口もとをかすかに歪《ゆが》め、秋人が心の中で呟《つぶや》く。

目に見えているものだけがすべてではない。見方を変えるだけでも、目の前のものがすべて違って見えてくるはずだ。桜子の美しい裸身の感触は想像を遥《はる》かに凌《しの》ぐ絶品だった。誰とも比べようもないほどの至高品だ。そう思えるのは、桜子が美しい女性で、好みのタイプだったからか？　それとも、禁忌を犯しているという背徳感のなせる業《わざ》か？　だとしたら、秋人はこの感じをまだ味わうことができる。しかも、一度しか味わえないはずの最初の衝動を、少なくともあと2回は味わえることになる。

秋人は、この世のすべての快感を味わい尽くしたい気持になっていた。自分の中に潜んでいた凶暴なモンスター。モラルを持たぬ怪物を今の自分は受け入れている。復讐はまだ始まったばかりだ。今はとにかく進むだけ。後先なんてどうにでもなることだった。

翌日、桜子はひとり書斎に足を踏み入れた。夕食の片づけが終わったら来るようにと、秋人から指示されていたのだ。ところが、指示を出した秋人の姿はない。待てど暮らせど書斎に来る気配すらない。それでも桜子は、勝手に部屋を出るわけにもいかず、ただひたすら秋人を待ち続けた。幸いにして、梓も翼も、すでにそれぞれ部屋へと篭っている。こんな時間から書斎へ足を運ぶ用事があるとも思えない。

それにしても秋人は来ない。夕食のあと片づけが終わったあと、気を利かせてシャワーを浴びたのがいけなかったか……。桜子は、なんとはなしに心細さを感じていた。同時に胸騒ぎをも覚える。心臓の鼓動が、さっきからずっと何かを訴えていた。

「わたしの身体《からだ》……、本当におかしくなっちゃったのかな？　それとも、期待してる？」

そんな言葉を口にしたのがまずかった。ノーブラの胸がパジャマの生地に擦れ、刺激に反応した乳首がムクムクと蠢《うごめ》いている。ショーツがジワジワと濡れるのがわかった。

「どうして、こんなに溢れて……。やだな……」

言いながら、パジャマのボタンを外し、ズボンを中途半端にずり降ろす。ためらいがちな指が、白い腹を撫《な》で、内腿《うちもも》を摩《さす》る。

「んっ……。んっ……んっ……。あっ……んっ……」

躊躇《ちゅうちょ》に震える手を、ソロソロとショーツの中へ潜り込ませた。湿った部位に辿《たど》り着《つ》いた指先が秘裂の先端に軽く触れる。

「んんっ！　や、やっぱり、おかしいよ……。自分でちょっと触れただけなのにっ、こんなっ！　わたし、どうなっちゃたの？」

わずかな刺激にも如実に反応する自分に驚く桜子。このまま眩《めくるめ》く悦楽の波を享受したい誘惑に駆られる。けれど、ショーツに差し入れた指は強《こわ》ばって動かない。

「やっぱり……、こんなことできない……。もう、部屋に戻ろう」

その瞬間だった。突然部屋の隅から物音がし、書斎机の椅子《いす》がガタガタと動きだす。

「えっ!?　そんなっ？　ま、まさか!?　い、いるの？　秋人？」

返事の代わりに、いきなり部屋の照明が消えた。間違いない。秋人がいるのだ。

「楽しみにしてたのか？　俺に抱かれるのを」

不意に耳もとで声がする。ボタンを外したパジャマの中に滑り込む手の感触。

「そんなっ！　わたし、ずっと前からここにいたのに……。いったいいつから？」

「言ったはずだ。俺は夕飯のあと、すぐここに来たんだ。暇だったからな」

闇の中から伸びた手が、ショーツの中へと潜り込んだ。

「クックックッ……。もう用意できてるみたいじゃないか」

「あっ！　あっ……、やっ！　やだっ！」

「その拒否は、口だけだろうに……。違うかっ？」

そう言って、彼女がさっきまで触れていた部分をまさぐる。指先にひねりを加え、陰唇の外堀《そとぼり》をグリグリこねまわす。

「あっ！　あっ……、やっ……！　乱暴にしないでっ！」

「そんなに触ってなかったようだったが、ずいぶんと濡れているな。じれていたのか？」

「そんなことっ！」

桜子は抗するが、刺激を送り込まれる媚肉の隙間から、どんどん淫蜜《いんみつ》が溢れてくる。

「あっ！　ああっ……、うくっ！　ダメっ！　そんなに指を動かさないでっ！」

むろん願いは聞き入れられるはずもなく、淫《みだ》らな汁を絡めた指が花弁の中心へズブリと埋め込まれる。

「んぁぁっ！　はぁっ……、そんな！　指を入れたら……、あぅっ！」

「さっき自分で触れてた時も指を膣内に入れようとはしなかったな。抵抗があるのか？」

「自分のなんて触れないよっ……」

「感じることはできるのに？」

意地の悪い問いかけとともに、膣内に侵入した指先が肉襞を引っかくように擦る。

「んぁっ！　あっ、ああっ！」

指の動きに合わせ、次々と生ぬるい愛液が膣内から掻《か》きだされる。ショーツのクロッチ部を汚す大量の淫蜜が、桜子の花園から谷間に至るまでをしっとり湿らせていた。

「あぁっ！　どうして？　自分で触るより、ずっといい！」

いつの間にか包皮の剥《む》けていた肉芽に、濡れそぼる指で触れる。

「あうぅっ！　そ、そこォ……。胸の奥が……、すごく締めつけられちゃう！　いけないことだってわかってるのに……、エッチな気分になっちゃううぅっ！」

片手は相変わらず膣内をまさぐり、もう一方の手で肉芽をいじりまわす。止めどなく溢れる淫ら汁と休むことを知らない指の動きに、ショーツの中から卑猥《ひわい》な旋律が洩れた。

「あぁっ！　すごく音が出てるっ！」

「どんな音だ？」

「うっくぅ！　あっ！　グチュグチュって……、あぁっ！　は、恥ずかしいっ！」

膣内と淫核《いんかく》からの異なる刺激が同時に高まり、相乗効果となって桜子を翻弄《ほんろう》する。

「あっ！　あはぁっ！　んっ！　んっくっ！　あ……、んあっ……、来ちゃうっ！」

それは、秋人の指が肉の真珠を摘《つま》み捻《ひね》った瞬間に訪れた。

「んんんっ！　イクゥゥゥーッ！」

爪先《つまさき》立ってのけ反る桜子が圧《お》し殺《ころ》した叫びをあげる。秘裂から噴きだした膣液と尿の混合液が、瞬く間にショーツをビショビショにしてしまう。そのまま倒れそうになる桜子を支えようとショーツから抜いた秋人の手が、粘液に濡れ光るスガタを現しつつあった。待たされすぎて、透明化薬の効力が切れてきたのだ。もっとも今となっては、透明であろうがなかろうが、どうでもいいことだった。

「ずいぶん激しかったじゃないか」

見えない顔でニヤニヤ笑う秋人は、剥きだしの分身を桜子のヒップに圧しつける。

「ん……、はぁ……はぁ……、えっ？　な……、なに？　もしかして、挿《い》れるの？」

「自分だけ満足して終わる気か？　それに、どうせなら指より太いのが欲しいだろ？」

「そ……、そういうわけじゃ……」

「強情だな」

背中をドンと押され、バランスを崩した桜子が床の上に倒れ込む。それは、彼女が初めて秋人の餌食になった時と似た光景だった。部分的に半透明になった2本の腕がパジャマとショーツをむしり取り、露《あらわ》になった淫裂《いんれつ》にスガタなき灼熱《しゃくねつ》の凶器が迫る。

「えっ？　あっ……、秋人？　え、やだっ……。そこ……、違う……。場所が違うよ」

「いいんだよ、ここで」

「えっ？　だって、そっちは……。秋人？　んあっ⁉」

当初桜子は、モノが見えないために、秋人が目測を謝ったのだと思った。だがしかし、苦言を呈す口に猿轡《さるぐつわ》がわりのショーツを捩込《ねじこ》まれるに至って、彼がはじめから蕾《つぼみ》を犯そうとしていることを悟った。ショーツに染み込んだ蜜と尿の味が口の中に広がる。

「大声を出すなよ、桜子。梓や翼に聞こえてもいいのか？」

「むぐぅ……、そ、そこはっ！　ふあぅっ！　あ……、痛っ！　ち……、違うよっ！」

「うるさいヤツだ」

秋人のスガタは、もはやハッキリ確認できるほどに見え始めていた。実のところ、じらされていたのは秋人のほうかもしれない。猛り狂う狂暴な怒張が、容赦なく蕾を散らす。

「ふぅぐぅぅぅっ！」

肉厚なヒップに秋人の下腹が音を立ててぶつかった。

「うっ……、あっ……。あぁぁっ！　ぐぅっ！　ぬ、抜いてぇ……！」

「動かすぞ！」

「だっ、だめっ！　やめてっ！　んんっ！　あっ！　あぅっ！」

絶頂を迎えたあとだけに緩んでいると思ったアナルだが、予想に反してかなりキツイ。

それでも秋人は、欲望の赴くままがむしゃらに腰を振った。

「んんっ！　う……、動かないでっ！　んんんっ！　やめ……、んうっ！　ダメェっ！」

「だが、桜子のマ〇コからは涎が出っぱなしだぞ。しかも相当濃いな。糸を引いてる」

酷く窮屈な直腸内を怒張が前後するたび、淫唇《いんしん》が喘ぎ、濁った蜜を際限なく吐きだす。

「うぅっ！　あっ！　うっく！　はぁ……はぁ……はぁっ！」

「くっ！　桜子のケツの穴すごいぞ！」

「嫌ァ……、そんなこと……、いっ、言わないでぇ！　あぐぅっ！　んぁっ！」

「大声を出すなと言わなかったか？」

「うっ……、うっ……、うぐっ！　あっ……、く……うぅっ！」

苦しさを堪《こら》えようと口の中のショーツを噛《か》み締《し》める桜子。その力みが、直腸とアヌスを引き締め、体内を貪《むさぼ》る異物をひり出そうとする。

「さ、桜子、そんなに締めつけるな……」

「はぁっ！　はぁっ！　はぁっ！　あっ！　あっ！　あぅっ！」

「ううっ、また締めつけが強くなった……。くっ、射精《だ》すぞっ！」

ひと際深く腰を打ちつけ、秋人は堪《たま》らず高ぶりを解放した。体内に放たれた灼熱の迸《ほとばし》り

に、桜子もまた二度目の絶頂を迎える。

「んっ！　んんっ！　あっ！　んああぁぁぁぁぁぁーっ！」

ふたりはそのまま、もつれ合うようにして床に転がった。

短期間のうちに何度もセックスを経験した秋人ではあったが、さすがにアナルセックスをしたのは初めてだった。しかも相手は桜子で、予想以上に具合がよかった。完全にスガタを取り戻した彼は、恍惚に喘ぎながら傍らの義妹を好奇の目で眺める。

「桜子、後ろで感じてただろ？　いやらしい女だ。後ろは経験済みだったのか？」

「そんなわけないじゃない！」

口からショーツを引きだされるなり、間髪を入れずに反論する桜子。時折見せる強気な態度は、従順さが徹底されていない証拠だった。ここで甘やかせばつけ上がるかもしれない。なにせ彼女は梓の妹だ。

「何回も言わせるな、でかい声は出さないでいい」

低い罵声《ばせい》を浴びせると、桜子はポロポロと大粒の涙をこぼした。

「酷いよっ、秋人。わたし、我慢だってしてたのに……。本当に……、あの秋人なの？」

「桜子、勘違いするな。ハッキリ言っておくが、今のお前は単なる肉奴隷だ。それ以上でも以下でもない。お前にできることは、俺に従うか、さもなくば俺を追いだすかだ」

ふと、哀しみに揺れる瞳が秋人をまっすぐに見つめた。

「秋人……、どうして自分をそんなに否定するの？」

「誰が否定なんか！　そんなことより、俺に従うつもりはないのか？」

桜子が朱唇をキュッと噛む。

「わたしに選択の余地なんてないのを……、そんなことできるわけないの知ってて……」

いったん言葉を切った桜子は、涙で潤む瞳を揺らして秋人を見つめた。そこには、何か思い詰めた色を宿していたのだが、ハラリと垂れた前髪に遮られ、秋人には見ることができなかった。やがて、桜子が小さくかぶりを振る。

「いいえ……違うわ。秋人……わたし、わかってるつもりだよ……」

「なんの話だ？」

その問いには答えず、桜子はかすかに息をついた。そして、ひとつ前の質問に対する答えを告げる。

「なるよ……。秋人の言いなりに……。秋人は、わたしを飼いならしたいんでしょ？」

「いいんだな、お前は完全に従属することになるんだぞ？　俺が飽きるまで……」

「わかってるわ……」

「フッ……。なら、早速言うことを聞いてもらおうか」

桜子を完全に手中に収めた秋人は、翼とともに買出しに行くことを命じた。それも今からすぐにだ。てっきり淫らな要求を突きつけられるとばかり思っていた桜子は怪訝そうな顔をしたが、もとより逆らうことはできない。夜も遅い時間だということを考えれば、それさえも無茶な要求であることには変わりないのだ。まして、翼を巻き込むとなればなおさらである。

主の逆鱗《げきりん》に触れぬよう桜子は言われたことを承諾し、10分後、翼を連れて買い物へと出かけた。それによって、家に残されたのは、秋人と梓のふたりだけとなった。

「これで準備はできた」

ナンバー21のカプセル薬を握り締め、秋人はひとりほくそ笑むのだった。

第七章　義姉調教

オーディオコンポのスピーカーから、ムーディなジャズバラードが流れていた。川崎市出身のジャズミュージシャン5人によるコラボセッションで『川崎〜愛の街角』というナンバーだ。梓の最近のお気に入り曲である。……とはいえ、今の彼女はそんなBGMとは不似合いな心境にあった。ベッドの上で神経質に瞳《ひとみ》を動かし、ドアの向こうの様子に耳を澄ましている。なぜか？　それは、つい数分前から起きている現象のせいだった。

夕食後、チェックしていたTV番組を観終《みお》えた梓は、昼間のうちに翼の部屋から調達しておいた雑誌を、バラードをBGMに読《よ》み漁《あさ》り、ゆったりとした時間を過ごしていた。そこへ不意に響いたノックの音。呼びかけても返事はない。気のせいかと思った瞬間、またもやノックの音がする。ドアを開けて顔を出した廊下には誰《だれ》もいない。悪戯《いたずら》かとも考え、妹達《たち》や秋人の部屋も覗《のぞ》いてみるが、やはり誰もいない。気を取り直して自室に戻ってはみたものの、怪訝《けげん》な思いは怯《おび》えに変わりつつあった。

二度あることは三度ある。またまた響いたノックの音に、梓は廊下へ飛びだした。

「誰っ⁉」

ノックがしてから数秒と経《た》っていない。にもかかわらず、廊下にはやはり誰もいなかった。気味が悪い。さしもの強気な梓も背筋に冷たいものを感じる。

念のため、階段を降りてみた。真っ先にリビングへと顔を出すが、そこもやはり無人。得体のしれない不安を胸に、ダイニング、キッチン、バスルーム、トイレなど、誰か家族がいそうな場所を覗いてまわる。それでも、翼はおろか桜子の姿もない。

幽霊でもいるっていうの？　長いことこの家に住んでいるが、そんな話は一度も聞いたことがない。バカバカしいっ！　梓はかぶりを振って自分を落ち着かせる。

「秋人……、地下室にいるかしら？」

無意識に声が出た。地階へと降りる階段が、誘うようにポッカリ口を開けている。

「こんな時は、地下への階段って何か気になるのよね」

梓はそっと階段を降りてみた。すると、いつもはキチンと閉ざされている地下室の扉が開け放たれている。珍しいこともあるものだ。彼女はそこに弟の姿があるのだと思い、何気なく室内に足を踏み入れた。ところが……。

「きゃっ⁉」

まるで梓を突き飛ばすように扉が閉まった。バランスを崩した彼女は、暗い地下室の床へとつんのめる。怒りの感情が湧《わ》いた。悪戯にしては悪質すぎる。

暗さに慣れた瞳に、周囲の機器が灯《とも》すパイロットランプやインジケーターの明かりに照らされた非現実的な空間が映った。そこは、梓とは一生縁のない世界のはずだった。

ゆっくりと首を巡《めぐ》らせ、犯人を捜す。だが彼女の瞳は、誰の姿も、影さえも、見出すことはできなかった。誰もいない？　その空間に、裸足の足音がする。なぜ裸足なのか？

犯人が秋人だとしても、裸足である理由が思いつかない。では、別人なのか？

怒りがしだいに恐怖へと変わる。

「きゃあっ！」

梓が素《す》っ頓狂《とんきょう》な声をあげた。何かに触れられた。その感触がしたのだ。

「ひっ！　嫌っ！」

まただ。ナニモノかがいるのは間違いない。しかもそれは、梓の身体《からだ》を撫《な》でまわしている。ハッキリ感触があるのに、彼女の瞳は相手のスガタを捉《とら》えることができずにいた。

「怖いっ！　あの子、いったいなんの研究をしてたの⁉」

そのセリフを合図に、ナニモノかの行動は大胆さを極めた。

「あっ⁉　嫌ァっ！　なんなのよォ！」

梓の目の前で自慢の胸が圧《お》し潰《つぶ》される。柔らかな肉の房が歪《いびつ》に変形する。執拗《しつよう》に加えられる力を振り払おうとするが、恐怖に身が竦《すく》んで埒《らち》があかない。むしろ相手の思う壺《つぼ》に身をさらしてしまう結果となり、あまつさえ両手首に鎖のついたベルトをはめられてしまう。

「あっく！　痛いっ！　あっ！　うぁっ！　やめっ……、嫌ぁぁっ‼」

恐怖が明確な形を見せた。スガタの見えぬ相手は明らかに危害を加えようとしている。拘束された身にまとう服が捲《めく》れ、黒いレースのブラから豊満な乳房がこぼれた。すべて目の前で起こっている現実なのに、陰湿な行為を加える相手のスガタはどこにも見えない。露《あらわ》になった双丘の頂にザラリとした感触が伝わり、そのままナニモノかが吸いついた。

「あぁっ！　なんなのよっ！　気持ち悪いっ！」

総毛立つおぞましさに、動きを封じられた肢体を精いっぱいに揺すって逃れようと試みる。もっとも、それはほとんど無駄なあがきでしかなかった。

「んぁぁぁっ！　嫌ぁぁっ！　やだぁ……、やめてよっ！」

鎖が鳴り、天井に備えつけられていた滑車が回る。半ば宙に吊《つ》られた格好の梓。その下半身から、普段着であるお気に入りのジーンズがゆっくり脱がされてゆく。

「あっ、何するのよっ！　嫌っ！　まっ、まさか!?」

ジタバタ暴れる梓の長い脚からジーンズが脱げ落ちた。次は、下腹部を包む黒のスキャンティ。もともと小さな薄布は、瞬く間にずり降ろされてしまう。

「嫌よっ！　絶対イヤっ！　なんなのよっ！　人間なのっ!?」

抗《あらが》いの叫びは、防音材に吸収され、決して外には洩《も》れない。そのことは梓もわかってはいたが、叫ばずにはいられなかった。

「ああっ、秋人ォー！　お願い！　早く帰ってきてーっ!!」

剥《む》きだしのワレメが強引にその口を開かされる。梓の太腿《ふともも》の間に、灼熱《しゃくねつ》の凶器がいきなり突きだされ、そのまま一気に下腹部を貫いた。

「ふぅ……ぐぅっ！　くっ！　うぁっ！　あっ……あ……ああっ……」

目を大きく見開き、突然の衝撃に身をよじる梓。引きつった息を洩らし、口をパクパクとさせている。身を支える鎖がジャラジャラと音を響かせた。

「うっ！　ぐっ……うぁ……ああっ！」

鎖で繋《つな》がれた梓は、退け腰になりながらも、膣内《ちつない》で蠢《うごめ》く異物を受け止める。体内に存在する生々しい感触にうろたえきった様子だ。

「うぅっ……、あぅっ！　ど……、どうしてあたしがこんなっ……んっ！」

奥の奥までしっかりと埋め込まれた凶器が、おもむろに抜き挿しを開始した。

「あぐっ！　んんっ！　あぁっ！　あっ……、あがっ！　ぐぅ！」

自由を奪われ、激しい衝撃に膣肉を貪《むさぼ》られる。目の端に涙を浮かべ、上擦った声で堪《こら》える姿は、普段のズボラな印象とはかけ離れ、愛らしさと妖艶《ようえん》さを兼ね合わせていた。

「あっ！　いやぁっ！　んっぐっ！　いや……あっうっ！　壊れるゥっ！」

梓の身を襲う衝撃は、獣じみたピストンへと変わっていた。何度も何度も打ちつけられる狂気に、彼女は我が身の不幸を呪《のろ》わずにはいられない。

「あっ！　あぅっ！　ああぁっ！　うあっ！　く……、やっ……、やめっ、あぁぅっ！」

けれど、本当に呪うべきものは別にあることを、彼女自身よくわかっていた。それは、ほどなく梓の身をもって示される。

「んっ……、んっ！　ふぅっ……あっ！　んっく……、あんっ……ああんっ！」

来年の春には大学を卒業する歳《とし》の梓は、今までに何度もセックスの経験を積んでいた。

誰もが認める美貌《びぼう》とスタイル、それに生来の外面のよさを併せ持つ梓。そんな彼女に言い寄る男は多い。初体験を済ませたのは、もう何年も前のことだった。あまつさえ、家にいる時も、ひとり自慰に耽《ふけ》ることだってしばしばだった。

いつしか恐怖と屈辱は、本人の意志に関係なく、恍惚《こうこつ》の愉悦へと変化していた。その変わり身の早さこそ、彼女が呪った身の不幸でもあった。

「あっ！　くぅ……、あっ！　い……、いいっ！　あっ！　あっ！　あぅんんっ！」

よがりの喘《あえ》ぎが思わず口を衝《つ》く。自分は淫乱《いんらん》なオンナではないと信じている。それでもなお、悦楽に身を委《ゆだ》ねてしまったのはなぜか？　不思議と梓は、心の奥で望んでいた何かを得体のしれない凌辱者《りょうじょくしゃ》が満たしてくれたような気がしていた。むろん、その何かがなんであるかについては、自分自身思いもよらぬことではあったが……。

「あっ！　あっ……、んぁっ……！　あ……、え？」

唐突に体内を貫いていた凶器が抜き去られた。そして、梓を吊り下げていた鎖が緩められたかと思うと、それは音を立てて外れた。力ない様子で崩れ落ち、膝《ひざ》をついて床にペタリと尻餅《しりもち》をつく。その身を、見えない力が無理矢理に立たせた。そして、予期せぬ方向からドンと押され、低い台の上へと背中から倒れ込む。

「きゃっ！　えっ……、えっ？　やっ……、ちょっと、何するの⁉」

彼女の戸惑いはもっともだった。突然解放されたと思ったら、今度は簡易寝台の上で全身のあちらこちらを拘束されてしまったのだ。殊《こと》に、下半身を拘束するベルトは、長い脚を〝M字〟に開かせて固定している。

「嫌ァっ！　何これっ⁉　なんなのよォ！　外してっ！　外し……」

喚《わめ》き散《ち》らしていた梓の口が声を失った。その見開かれた目は、まっすぐにある一点を見つめている。そこには、それこそ幽霊のようにぼんやりと人の姿が浮かんでいた。

「だ……、誰なのっ⁉」

言われた相手は、しだいに色濃く輪郭《りんかく》を浮かび上がらせていく。

「嫌っ！　近寄らないでっ！　あっちに行ってよ！」

顔を見てはいけない。見てしまったらもっと酷《ひど》い目に遭《あ》う。下手《へた》をすれば殺される。梓の心に恐怖が甦《よみがえ》った。それは、生命の危機という根源的な恐怖だった。だが……。

「あっ！　あんた……、まさか……。そ、そんなっ⁉　秋人……なの⁉」

梓の瞳は、またも別の意味で、見てはいけないものを見てしまった。

「クックックッ……、俺《おれ》のココはどうだった？　ずいぶん狂ってたみたいだが？」

今や、梓の前にそのスガタを完全に現した弟が笑う。

「なっ！　あ……、あんた、自分で何を言ってるのかわかってるのっ⁉」

「ああ。何をシたのかもわかってる」

ことなげに告げる秋人の顔には残酷な笑みが貼《は》りついている。

「う……、嘘《うそ》でしょ？　いったいどうして？　どうやって？」

「答えは簡単だ、梓姉。透明人間って知ってるか？　開発したんだよ、その薬を」

梓は信じられないといった面持ちで秋人を見つめた。透明人間など、そんなものは翼が好きなアニメやマンガやゲームの世界だけの絵空事にすぎないはずだ。いくら秋人が天才だとしても、そんな都合のいい薬ができるはずもない。だがしかし、梓は見てしまった。何もない空間から秋人が浮かび上がる様を。信じたくはないが、彼女は目の当たりにしてしまったのだ。そうしてもうひとつ、認めたくはない事実をも……。

「嘘よっ！　ねぇ、秋人……、嘘でしょっ⁉　あんたとシてたなんて、冗談でしょ？」

「冗談に見えるか？」

それきり秋人は、寝台の義姉には見向きもせず、ひとり実験テーブルで何やら作業を始めた。身動きのままならない梓が浴びせる数々の罵倒《ばとう》にも、なんら反応を示さない。

数分ほどして、天才青年は巨大な注射器を持って梓の足もとに立った。振りかざされた注射器の先に針はなく、先端が丸くなった5センチほどの突起がついている。それがなんのためのもので、彼が何をしようとしているのかは言わずもがなのことだった。

「いいポーズだな梓……」

「冗談はやめてよっ！　秋人、正気なの⁉　やめなさいっ、秋人！」

「なに、すぐに済む」

「秋人！　お願い、お願いだからっ！　ゆ……、許してっ！」

気丈に振る舞っていた梓もとうとう懇願の声をあげた。けれど皮肉にも、彼女が懇願すればするほど、秋人の心は狂気に支配されていく。

「変わったな、梓。お前はもう、俺の姉じゃない」

「やだっ……、やだっ！　やめてぇっ！　アッ⁉」

注射器の先端がすぼまる肛穴《こうけつ》にめり込んだ。しっかりとポジショニングを確保し、醜く口もとを歪《ゆが》める秋人が、ピストンロッドを押し込む。

「ウッ！　アッ！　アッ！　ングゥッ！　や……、やめてっ……、苦しいっ！」

剥きだしになった白く引き締まった腹部が見るみる膨らんでいく。ゆっくりゆっくりと注射器の中の溶剤が梓の体内に送り込まれる。やがて、1リットルの薬液をすべて注入し終え、秋人はモルモットの様子をじっくりと眺めた。

「ひ、酷い……。こんなのって……。うぅっ！　お、お腹が……気持ち悪いっ！」

梓の額からは大量の冷や汗が噴き出ている。全身がブルブルと震え、異様に膨れた腹が揺れる。M字開脚によって丸見えの蕾《つぼみ》がかすかに雫《しずく》を漏らし、ヒクヒクと痙攣《けいれん》していた。

「あうぅっ！　うっ、もう！　もうダメっ！　お願いっ！　トイレに行かせてっ！」

「コレに出すといい」

秋人は言って、棚から取りだしたシャーレを少し離れた位置に置く。

「秋人！　うっ……、ううっ！　そっ、そんなのできるわけないでしょっ！」

「フン！　そのくだらないプライドがどのくらいのものか、試してやるよ」

寝台に膝を乗せた秋人は、ヒクつく蕾の上で震える花びらの中心へ、異常なシチュエーションにいきり勃《た》つ怒張を捩込《ねじこ》んだ。

「んんんっ！　んあぁぁっ！」

「姉のプライドとやらで、何回のピストンに耐えられるか見せてくれよ」

「あっ！　あぐっ！　あっ！　あっ、あっ！　お願いっ！　動かないでェ！」

か細くも泣き叫ぶような声。梓の顔は苦悶《くもん》に歪み、信号よろしく赤くなったり青くなったりを繰《く》り返《かえ》している。花弁と蕾の両方からは、少量の液体が抽挿《ちゅうそう》のリズムに合わせて漏れでていた。

「おいおい、なんだよこのヌルヌルは？　お前のマ○コ、こんな状態なのに涎垂《よだれ》らしてるぞ。本当に変態女なんだな！」

「やぁっ！　嫌ぁっ！　それ以上掻《か》き回《まわ》されたら……出ちゃう！　出ちゃうよぉっ！」

「おらぁっ！　耐えて見せろよっ！」

必死で便意を堪える梓の膣内に、さらにはずみをつけた渾身《こんしん》のピストンを送り込む。

「イ……、イ……、イヤァァァァッ！　あぁぁ！　ダメ！　がっ……、ぐううっ！」

ひと際大きく肢体が痙攣した。限界が訪れたことが如実に伝わってくる。秋人は素早くイチモツを抜き去り、梓の傍《かたわ》らに飛《と》び退《の》いた。瞬間！

「イ……、イ……、イヤァァァァァーッ！」

彼女は悲鳴をあげ、股間《こかん》からの排泄音《はいせつおん》が部屋中に響き渡る。

「ミナイデッ！　ミナイデーッ！」

オンナとして、いやヒトとして、これ以上ない恥辱を味わった梓は、そのまま失神してしまった。一方の秋人は、彼女の尻穴から噴き出た大量の汚物から目を背けることもせずに、ただ漫然とそれを眺めていた。


あくる日も、梓はひとり地下室の階段を降りる。桜子は夕飯の片づけに忙殺され、翼はTVに夢中だった。ふたりの妹は、ともに梓が地下へ降りていくところを見てはいない。また、見られるわけにもいかなかった。

扉に手をかけると鍵《かぎ》は開いている。降りてきた階段をチラリと振り仰ぎ、地下室に足を踏み入れた。室内には明かりが灯っている。昨日の異臭はまったく感じられない。秋人特製の消臭剤の効果は抜群だ。それはともかく、見渡す範囲に秋人のスガタもなかった。

「来たわよ、秋人……」

「ククク……。ちゃんと言いつけを守るとは思わなかったよ」

声とともに机に向いていた椅子《いす》が回転する。目には見えなくとも、そこに秋人が座っているのは間違いなさそうだ。足を組んだのか、ギシギシと椅子が揺れる。

「呼びつけておいて、なんでスガタを消してるのよ？」

「このほうが始まった時に気兼ねしないで済むだろう？」

「まさか……、あたしを抱くつもり!?　昨日あんなに辱《はずかし》めたばかりなのに……、また？」

「何を言ってる？　この先ずっと、梓に選択肢は用意されない」

「あんたの辱めを黙って受け続けろって言うのっ!?」

「それをわかっていて、ここに来たんだろ？」

「違うわ！　あたしは、あんたと話し合いを……」

言いかける途中で、秋人の声がピシャリと撥《は》ねつける。

「そんな必要はない。それに、お前が家族をどう思っているかは知らないが、妹達は心配じゃないのか？　犠牲《ぎせい》が必要だと思わないか？」

彼のセリフは梓の背筋を凍りつかせるに充分だった。

「秋人……、あんた、そこまで考えて……」

表情は見えないが、目の前に座る義弟は、昨日も見せた残酷な笑みを浮かべているに違いない。かつて秋人があんな表情をしたことは、梓の記憶する限り一度もなかった。

「なんでなのっ？　いくらなんでも変わりすぎよっ！　理由を教えなさいよっ！」

「いいから、さっさと脱いだらどうだ？　とりあえず、下だけでいい」

冷えびえとした声が響く。弱みを握られている梓は従わざるを得ない。

「こっ、これでいいの⁉」

レザーパンツとショーツを脱ぎ、下半身をさらす梓。ニットのセーターの裾《すそ》で露出した下腹部を隠そうとするが、丈が足りなかった。

「いい眺めだが……、浮かない顔だな？」

「簡単に割りきれるわけないじゃない！　命令されて……。こんな格好させられて……」

「そうかな？　どうせ、もともとは、いやらしいことが大好きなんだろ？」

「人を淫乱扱いしないでよっ！　秋人に何がわかるっていうのっ⁉」

「わかるさ。梓は処女じゃなかったしな。それに、俺は知っているんだよ」

「何を知ってるって言うのよ……あっ！　ちょ！　ちょっと！　さ、触らないで！」

内腿に伸びた透明な手の感触に、突っ立ったままの梓が腰を退いて逃れようとする。しかし、もう一方から伸びた手に尻肉を掴《つか》み抱えられ、結局は閉じた腿の間に掌の侵入を許してしまう。敏感な場所を無造作に荒らす指先は、すでにもう濡れている。

「うっ……、あっ……、嫌ァっ！」

ビショビショの人差し指と中指が、ヒクつく媚肉《びにく》の隙間《すきま》に潜り込んだ。

「く……、あっ！　いきなりそこにっ！　嫌っ、やめてっ！」

「梓、お前、毎日オナニーしてるだろ？」

「なにバカなことっ！」

「しらばっくれるなよ。俺はこの目で見たんだ。お前が自分の部屋で乱れていたのをな」

秋人の手は、指を濡らしていたぬめる液体を膣壁に擦《こす》りつけるように蠢いた。

「うくっ！　嘘っ！　そんなの嘘っ！」

「潮を吹いてマ○コをビクビクさせてたな。おまけにケツの穴までいじってただろ？」

「いやっ！　聞きたくないっ！」

「意外に正直だな？　顔が真っ赤だぞ。いつもああやってオナニーに耽っているのか？」

「へ、変態っ！　本当に見ていたなんて……」

朱唇を噛《か》み締《し》める梓は、腰から下が、爪先《つまさき》に至るまで小刻みに震えている。さっきまで淫唇《いんしん》の隙間をまさぐっていた指はすでに抜き去られているのに、だ。

「んんっ……っく……。はぁっ……、はぁっ……、うぅっ……」

何かを堪えるように、頬《ほお》の赤みはますます色合いを深める。

「なんなの？　あたしに何をしたのっ⁉　こ、こんな……、あくっ！」

両の内腿をモジモジと擦り合わせ、梓が声を震わせる。潤んだ瞳が見据える椅子は、主を失いクルクル回転していた。

「どこにいるのよっ！　秋人⁉」

「すぐ目の前にいる。そんなに気持ちいいのか？」

梓の肉ビラに滲《にじ》む淫蜜《いんみつ》がだんだんと粘りのある雫になってゆく様子を、秋人はリアルタイムで眺めていた。完全に媚薬がまわったようだ。そう実感しながら。

「んんっ……、あぁっ……、くっ！　くあぁぁ……」

セーターの裾を握り締めていた梓の手がわずかに開く。小指の先が下腹部へと伸びかけては、再び裾を握り締める。その間にも、彼女の内腿は小刻みに擦り合っていた。

「どうして、こんなこと……。何が秋人をここまで変えてしまったの？　教えてよ⁉」

梓が言う。虚勢を張って、疼《うず》きを堪えようとでもいうのか……。

「あたしが何かしたっ？　あたしに恨みでもあるのっ⁉」

桜子と同じだ。秋人は思う。説明するのも面倒だな。

「俺は前からこうだ。思うままに振る舞っているだけにすぎない」

「あんた、桜子や翼にまでこんなこと強要するつもりじゃ？」

「あるいは、もうシているかもな」

途端に梓の顔から血の気が退いた。

「なんですってっ⁉　本当なの⁉」

「直接本人に聞いたらどうだ？　あの日の夜中みたいに、また家族会議を開いてな……」

言われた梓は、桜子に持ちかけられた相談を思い返した。すでにあの時から？　それとも、あの時をきっかけにして？　少なくとも、秋人は話の内容を知っている。聞かれていたのだ。だとしたら、自分達姉妹が復讐の対象となるのも理解できなくもない。なぜあんなことを口にしてしまったのだろう！　後悔が込み上げ、同時に不安がよぎる。

「あんた……、まさか本当に桜子や翼も？」

「さあな……」

秋人がおどけて応じた。

「さあな……って、それどういう意味よ⁉」

「お前しだいだ、俺の相手がキチンと務まっていれば問題ない。そうだろ？」

果たして本当にそうだろうか？　確証は得られない。だが、妹達を護《まも》るためには、さっき秋人が言ったように我が身を犠牲にするしかなかった。

「あの娘《こ》達には絶対こんなことしないで！　あたしは……、ここまでされたんだから、どうなってもいいけど……」

「格好つけるなよ、梓。味気ないオナニーよりずっとよかったんだろ？　正真正銘、お前は変態だよ」

「違うわっ！」

「口ではそんなことを言っていても、梓のマ○コ、さっきから全然乾く気配ないぞ」

それは事実だった。火照る下腹部から溢《あふ》れた雫が、幾筋も内腿に伝っている。

「こっ、これは……。あんたがなんかしたんでしょ⁉」

「ああ、俺が作った特製の媚薬を塗った」

梓は唖然《あぜん》とした。

「媚薬……って……。秋人、あんた！」

「梓の身体は、適当に経験してるだけあって、効果も簡単には打ち消せない。体質的にも根強く尾を引くことになるかもしれないな」

「うるさいっ！　うるさいっ！」

「まあ、せいぜい頑張ってくれ。もう部屋に戻っていいぞ」

その言葉が終わると、椅子がひとりでに机へと向かい、パソコンディスプレイが起動画面を映しだした。下半身裸の梓はほったらかしだ。

今日ここに呼びつけた理由は、媚薬を投与するためだけだった？　そのことにようやく気づいた梓は、複雑な思いに混乱した。期待を裏切られた？　むろんそれは、媚薬のせいかもしれない。だがいずれにしても、肉体ばかりか心さえも弄《もてあそ》ばれた気がした。

「あんたには、絶対バチが当たるわ」

「さあ、それはどうかな？　このあとすぐに泣きを見るのはどっちなんだろうな」

「こんなの……、こんな疼き……、我慢できるわ！」

「そうか。じゃあ、おやすみ」

ソロソロと慎重に下着とレザーパンツを穿《は》いた梓は、妙にぎこちない足取りで地下室から出ていった。

「梓は、もう堕《お》ちたな……」

ひとりになるなり、秋人が呟《つぶや》く。卓上鏡に手を伸ばし、鏡面を覗き込んだ。

消えていたスガタが戻りつつある。何度見ても慣れることのないその光景をじっと眺めながら、秋人は考えていた。桜子を犯した時のこと、梓を犯した時のことを……。

スガタを消した時の狂暴さには自分自身本当に驚かされている。その時はただ、貪ることだけしか頭にないように思う。まるで獣のように、だ。

内にあるすべてを解き放てば、優越感と途方もない快感を得ることができた。凄《すさ》まじいまでの至福の境地。そのためのパスポートがナンバー21なのだ。だが、胸の中でかすかに見え隠れする不安があるのも否定できない。それは何なのだろう？　回を重ねるごとに強く感じるようになっている。透明化は人格にまで影響を与え、続けることによって取り返しのつかない事態を引き起こすのか？　そうであるなら、この先どうなってしまう？

姿を消した時は、あたかもひとりだけの時間と空間に存在している気がする。そんな孤独を癒《いや》すために、誰かと交わることを望んでいるのじゃないか？　ふと、そんなことまで考えてしまうこともある。

「くっ！　ナンセンスだ！」

いつになく弱気になっている自分に嫌気が差した。大切なものも、大切な過去もない。だからいいんだ。何も考えずに済むはずだ。なのに、いったい自分は何を臆《おく》しているのだろう。この気持に、いずれ決着をつけなくては……。そう思う。

完全にスガタが戻ると、秋人は服を身に着けて地下室をあとにした。すでに1階は明かりも消え、しんと静まり返っている。2階への階段を昇って自室の前に立つと、背後でドアが開き、桜子の声がした。考えてみれば、今日は彼女に何もしていない。

「地下室に……いたの？」

桜子が伏し目がちに尋ねる。対する秋人は、苛立《いらだ》ち混じりの低い声で問い返した。

「いちいち報告する必要があるのか？」

「そうね……。ないわね……」

ポツリと呟いた声は、どこか寂しげなものだった。

第八章　揺らぐ心

「あ、お兄ちゃん」

元気な声が午後のリビングにこだまする。ソファにゆったり身を沈めていた秋人は末妹に顔を向けた。大学生の秋人達《たち》と違い、翼の春休みは今週末で終わる。残り少ない休みを満喫しようというのか、少女は両手に何本ものゲームソフトを抱えていた。いったん秋人の向い側に座ると、ソフトをテーブルに並べ、またすぐ立ち上がる。

「お昼ご飯食べた？　翼、おやつ取って来るけど、お兄ちゃんの分もいる？」

「いや、俺《おれ》のはいい。今食べたら夕飯が入らなくなる」

「そっかぁ……。じゃ、翼だけ」

とうに昼食を済ませていた翼は、菓子を求めてキッチンへと歩く。その後ろ姿を見送る秋人も腰を上げた。このままリビングにいたら対戦ゲームにつき合わされるのは必至だ。

そっと廊下へ出て、彼は地下室へと降りる。自分の部屋よりも心安らぐ空間。そこで秋人は、自らの行為の行く末を考える。やはり、最後には翼とも行為をするのだろうか？

実のところ、彼は迷っていた。翼に対しては憎悪の感情が湧《わ》かないのだ。単純な欲求すら持っているとは思えない。かといって、翼だけを蚊帳《かや》の外に置くのは無理だろう。いずれ必ずボロが出てしまう。その前に翼も巻き込んでしまうのが、少女のためにも賢明に思える。もはやそれは復讐とは言えない。秋人の中に新たな目的意識が芽生えつつあった。

梓は相変わらずまだ寝ている。翼はゲームに夢中で、秋人は地下室だ。家の中の掃除を終えた桜子は、庭に出て干してあった洗濯物を取り込んでいた。

誰《だれ》にでも他人に言えない秘密のひとつやふたつあるものだが、彼女の持つそれはあまりにも深刻だった。むろん、家族である姉妹にも相談はできない。ひとり胸にしまい込み、葛藤《かっとう》する日々。来週には父親が海外出張から帰国する。秘密が秘密でなくなる日が近いことを、桜子は直観的に察していた。それだけに昨日の秋人の行動が気になる。

「いつもの鼻唄《はなうた》はどうしたんだ？」

突然耳もとで声がした。慌てて振り返るが、声の主である秋人のスガタは見えない。

「何をビクビクしている。いい加減慣れたらどうだ？」

「な……、慣れるなんて、できないよ……」

怯《おび》える瞳《ひとみ》をうつむかせる桜子。そんな彼女のスカートに、見えない腕が潜り込む。

「そうか？　桜子のココはそうでもないようだが？」

「やめて！　脱がさないで……、ダメっ！」

たちまちスカートの下でショーツが引き降ろされる。もちろん秋人の凶行はそれだけに留《とど》まらず、無防備になった下腹部を撫《な》でまわした。

「あっ！　えっ⁉　やっ……、やだっ！」

まさぐられる花園にジワリと蜜《みつ》が滲《にじ》む。蠢《うごめ》く指先がクチュクチュと音を立てた。

「もう濡れてるじゃないか。昨日構わなかっただけで、そんなに待ち遠しかったのか？」

「ヤメテッ、秋人！　こんな外で……。誰かに見られちゃうよっ！」

「しゃがんでいればいい。塀《へい》があるから通行人には見られないだろ？」

「ダメっ！　翼がリビングにいるもの……」

桜子の視線が家の様子をうかがう。5メートルほど離れたところがちょうどリビング。しかも庭へと出るアルミサッシの窓は開け放たれ、床に座る翼が煎餅《せんべい》を齧《かじ》りながらゲームのコントローラーを操作している。勇ましいBGMと派手なSEが耳に届いた。

「秋人……、あとにしてっ！　バレちゃうよ！」

「バレたくないんだったら、自分でなんとかしろ」

そう言うなり、秋人は桜子に足を開かせ、その間に潜り込んだ。地面に寝そべる彼は、見えない怒張を天高く屹立《きつりつ》させている。騎乗位を要求したのだ。

しかたなしに桜子がしゃがみ込む。拒否すればもっと酷《ひど》い状況に陥るのは自明の理だ。透明な秋人の下腹部へ跨《また》がり、見えない肉棒を自ら支えて濡れそぼる秘部に導く。短期間ですっかり開発されてしまった淫裂《いんれつ》は、いとも容易に灼熱《しゃくねつ》の剛直を受け入れた。

「ううぅ……、ううぅん……」

根もとまで呑《の》み込《こ》み、ペタンと秋人の上に乗る。

「よかったな、スカートが長くて。後ろが隠れなかったらケツ丸出しになってた」

「はぁ……、はぁん！　はぁっ！　う……、ううんっ！」

見上げる桜子は、頬《ほお》を染め、瞼《まぶた》をギュッと閉じ、唇を噛《か》み締《し》めていた。

「ずいぶん締めつけるじゃないか。この場所でするのに、そんなに興奮しているのか？」

「はぁっ……はぁぅ！　ち、違うわっ！　恥ずかしいから……」

「恥ずかしさで感じてるんだろ？　いやらしい声だって出してる」

言いながら、秋人が軽く腰を突き上げる。途端に、桜子の身が跳ねた。

「んっ！　あぁっ！　やめっ……、翼に聞こえちゃうっ！」

「声を出さなければいい」

「んんっ！　んっ！　そ、そんなの……無理よ……。わたし、声を我慢できない……」

「せいぜい頑張って堪《こら》えるんだな！」

冷たい言葉で突き放し、熱い肉棒で突き上げを繰り返す秋人。激情に体内を貪《むさぼ》られる桜子は、頭の隅で秘密の鍵《かぎ》が外れる音を聞いたような気がしていた。


時刻は深夜。草木も眠ると言われる頃《ころ》。秋人は自室のベッドで何度も寝返りを打った。体が変調を来している。かすかな痺《しび》れが末梢《まっしょう》神経を苛《さいな》んだ。血液の循環異常が起きているのか、何度も何度も分身が勃起《ぼっき》しては萎《な》える。気持ちだけが高ぶった。

桜子を抱く気分ではない。梓は部屋に篭ったまま一度も出てこなかった。わざわざこちらから出向いては、媚薬《びやく》を仕込んだ意味が失せる。翼は……、恐らくは、まだ何も知らずに安らかな眠りについているはずだ。

眠ることもできず、秋人は何かを渇望していた。それは、なんだ？

「お、お兄ちゃん？　起きてる？」

音もなく開いたドアから、パジャマ姿の翼が顔を覗《のぞ》かせた。

「こんな時間にどうした？」

「そのぉー……、お兄ちゃん、一緒に寝てもいい？」

秋人は一瞬ドキリとした。神経の痺れは続いていたが、分身は萎えることをやめる。

「翼、怖い夢見ちゃって……、それで、そのぉ……、ひとりで寝るのちょっとヤなんだ」

そう言う翼は、自分の枕《まくら》を抱えたまま、トコトコとベッドに歩み寄った。秋人が承諾すると信じているのか、意地でも一緒に寝るつもりなのか、早くもベッドに潜り込む。

「久しぶりだね……。前はよく一緒に寝たよね、縁側で日向《ひなた》ぼっこしながらさ」

末っ子の翼は、昔から甘えん坊だった。外交的で家ではズボラな梓や母親代わりで家事に追われる桜子よりも、翼にとっては秋人が最も身近な存在だった。秋人自身、兄という立場上、かなり妹の面倒は見たつもりだ。ある意味において、ふたりの兄妹としての絆《きずな》は他の誰よりも強かった。だがそれも、血の繋《つな》がりがないとわかった今ではどうなのか？

秋人に身をすり寄せる翼のお喋《しゃべ》りは留まるところをしらない。ここぞとばかりに思い出話を始める。それはまるで、ふたりを繋ぐ兄妹の絆の存在を確かめるようでもあった。

「お兄ちゃん、いつでも優しかった。翼、そんなお兄ちゃんが大好きだったんだよ」

話の流れで、翼が感慨深げに言う。けれど秋人には、翼が何かを勘づいたように受け取れた。それは翼に対する負いめが生んだ被害妄想なのかもしれないが……。

「今は違うのか？」

「お兄ちゃん、ちょっと冷たくなった……。ちょっと無関心すぎる感じがするもん……」

それだけか？　秋人の身が緊張に強《こわ》ばる。

「でも……、でもね、お兄ちゃんのことは、いつまでもずっと大好きだよ」

翼が笑顔で言って、恥ずかしそうに寝返りを打った。一方の秋人は言葉もない。考えてみれば、例の家族会議にしても、彼を庇《かば》ってくれたのは翼だけだった。いくぶんの戸惑いがあったとしても、今までと変わりなく接してくれたのも翼だけである。

ふと秋人は、かつてクラスメートの男子達が、美人姉妹に囲まれて暮らす彼を羨《うらや》んだことを思いだしていた。当時異性に興味がなかった秋人はまったく相手にしなかったが、今ならその意味を理解できる。しかも彼には、血の繋がりによるジレンマに陥る必要がないのだ。爆発的な感情の高ぶりに、神経を逆撫でていた痺れが薄れていく。

「翼っ！」

「えっ!?　ん……、んん……、んはぁ……」

秋人は強引に妹の愛らしい唇を奪った。

「お、お兄ちゃん⁉」

驚いて見つめる少女のまっすぐな眼差《まなざ》しには、怯えも嫌悪も存在しない。拒んでいる様子さえ見受けられなかった。秋人はおもむろに翼のパジャマの裾《すそ》へ手を入れる。

「あっ！　お兄ちゃん、そんなっ……、んんっ！　あっ……ん！」

日向家の娘の遺伝的特徴なのか、翼の胸はふたりの姉に負けず劣らず見事な大きさに成長していた。ノーブラの双丘をゆっくり揉《も》みしだき、秋人はそう実感する。

「お兄ちゃん、もしかして……、欲情しちゃった……の？　翼と……エッチしたいの？」

秋人の指の動きに反応して身をよじる翼が問いかけた。

「俺のことを嫌いになったか？　気持ち悪いと思うか？」

「んー……。翼、好きな人同士がエッチするのは、いいと思う……」

敢《あ》えて「兄妹でも？」という追及はしないでおいた。どうせ血の繋がりはないのだ。

「お兄ちゃんは、翼のこと好き？」

「ああ、もちろんだ」

「だったら、いいよ……。翼、お兄ちゃんだったら……」

揺れる瞳が見上げている。柔らかな乳房にあてた掌《てのひら》に翼の鼓動と体温が伝わっていた。同様に秋人のそれも翼に伝わっている。ふたりの間の兄妹の絆が、別の意味で強く結びつこうとしていた。ところが……。

「きゃぁっ⁉」

翼が突然悲鳴をあげた。それまでなかった恐怖の色が少女に浮かぶ。なぜ急に？　答えは秋人の身に起こっていた。彼のスガタが見るみる消え始めたのだ。

そんなバカな！　薬を呑んだわけでもないのに‼

「お、お兄ちゃんの体……、変だよっ！　どんどん透けていってるよ！」

「わかってる！　それより翼、黙って聞いてくれっ！」

完全に透明化してしまった両手をパニックを引き起こした妹の頬にあて、秋人は自分の顔をグイと近づけた。怯える瞳に映るのは、背後の壁が透けた輪郭《りんかく》。そのスガタが、却《かえ》って秋人を冷静にさせる。ナンバー21は失敗作ではなかったが、完璧《かんぺき》でもなかったのだ。本来なら、もっと実験を繰り返し、データを収集すべきだった。根本的に薬に問題があったのか、あるいは連続服用した結果なのかはともかく、今彼の身に生じている現象は間違いなく薬の副作用と断言できた。だがこうなると副作用の度合が気になる。この世に、まったく安全な薬は存在しない。服用を誤れば死に至ることもある。だからこそ彼は、愛する妹にすべてを語らねばならなかった。人間にとって、時間とは有限なのだ。

淡々と説明をする兄の言葉を、翼はただ茫然《ぼうぜん》と聞くことしかできなかった。当然だ。それでも桜子や梓と同じで、少女も認めざるを得ないのである。スガタの消えた秋人を目の当たりにした以上……。

「いいか、翼。目に見えるものだけが真実じゃない。スガタが見えなくても俺は、俺だ」

「お……、お兄ちゃんは……、お兄ちゃんなんだね？」

震える唇が囁《ささや》く。こんなスガタになっても〝お兄ちゃん〟と呼んでくれる翼なら、きっと……。秋人は精神を解き放つ。

「そうだ。だから怯えないでくれ。俺を受け入れてくれ！」

「えっ⁉　あ……、ちょっと、お兄ちゃん？　どこ触って……、あっ！　ダメッ！」

妹のパジャマのズボンをショーツごとずり降ろし、自らも下半身を解放する。

「ま、待ってお兄ちゃん！　だって、大丈夫なの⁉」

答えの代わりにはだけさせた胸もとへ吸いつき、自ら握った分身を無垢《むく》な秘裂に導く。

「俺だったら、いいんだろ？　すまんが、もう我慢できそうにない」

「お兄ちゃん、ダメぇっ！　ふぅあっ！　そっ、そんないきなり……あっ！」

翼のソコはいくらか湿っていたものの、いきり勃《た》つ怒張を受け入れられるほどになってはいなかった。亀頭《きとう》の先端を可憐《かれん》な秘唇にグリグリ押しつけ、チャンスをうかがう。

「やだ……、お兄ちゃんっ！　ダメだよぉ……、ひっ⁉」

息を呑む翼。絶え間なく圧《お》しつけられていた灼熱の棍棒《こんぼう》が、ついに少女の下腹部を貫いた。文字どおり身を裂く痛みが疾《はし》る。大きく開いた唇は、声も出せずわなないている。スガタが見えなくとも存在が消えたわけではない。伸ばした腕に兄の体温を感じ、翼は宙に浮くパジャマへとしがみついた。

破瓜《はか》の鮮血を滴らす秘唇。秋人はなおも、窮屈な膣内《ちつない》に肉棒を埋め込む。そしてそのまま、妹の身をきつく抱き締めた。痛みを堪える翼も、そんな兄へ力の限りしがみつく。

「くぅぅ……んんっ！　うっく、んぁあっ！」

愉悦の吐息とはほど遠い圧し殺した嗚咽《おえつ》が洩《も》れる。しばらく抱き締め合ったあとで、秋人は緩やかに腰を動かした。途端に、精いっぱい怒張を咥《くわ》え込《こ》んだ秘肉がギュッと縮み、うねりと締めつけを増す。ひとつに繋がった一体感がふたりの精神を揺さぶる。

「あぁっ……、あ……、ああ……、あ、熱いよォ……」

翼が嗚咽以外の言葉を囁く。ロストヴァージンの衝撃と痛みは、熱と痺れに麻痺《まひ》したようだ。窮屈であることに変わりはないが、膣内にもだいぶぬめりが増している。

「ああ……、お……、お兄ちゃん……、お兄ちゃんっ、お兄ちゃんっ！」

耳もとで叫びながら翼の頭が暴れた。しがみつく力の篭り方に比例し、膣内も淫《みだ》らにうねる。秋人の高ぶりも、早限界に達しようとしていた。

「あっ！　あっ！　あっ！　んあぁぁーっ！」

妹の嬌声《きょうせい》をBGMに秋人は突きとひねりの連続技でフィニッシュを送り込む。

「はうっ！　お兄ちゃぁぁぁぁんっ!!」

体内奥深く、翼の意識を天高く羽ばたかせる爆発が巻き起こった。

「うっくうぅぅぅ……」

腰をガクガクと震わせ、兄が放った灼熱の奔流を受けとめる妹。秋人の分身は射精のあとも何度となく脈打ち、そのたびに残り汁を吐きだす。荒々しい呼吸を続けるふたりは、恍惚《こうこつ》の余韻を噛み締めるように、しばらくひとつに繋がったままでいた。

息を潜めて見る光景は、背中を押し続けるものばかりだった。往来の真ん中で、銭湯の脱衣所で、公衆トイレで、夜の公園で……。行きずりの娘、かつての恩師、偶然出会っただけの女達。その薬を使うと〝見えなくなる〟ことができる。残ったのは、露骨なまでに解放された歪《いびつ》な感覚。スガタが見えなくなると、ヒトはモラルを失くすらしい。

その中にあって、翼との行為は秋人の心を揺らしていた。当初の目的であった復讐はすでに意味をなさなくなっている。さりとて、今さらもとには戻れない。進むしかないはずだった道は酷く曖昧《あいまい》になっている。おぼつかぬ足もとが崩れないでいるのは新たな目的意識を持った証拠なのだが、彼自身まだそのことを明確に理解してはいなかった。

その午後、秋人は偶然にもトイレから出てきた梓と出喰《でく》わす。

「な……、何よ？」

媚薬を塗り込まれて以来、彼女は自室に篭り、誰とも顔を合わせないようにしていた。

むろん部屋の中だけで生活のすべてが賄《まかな》えるわけでもない。当然トイレにも行くだろう。そして梓は、よりにもよって最も会いたくない相手と出喰わしてしまったのである。

「わざわざトイレでオナニーしてたのか？」

「な……、何わけわからないこと！　薬の効果なんてとっくに切れてるわ！」

「じゃあ、クソでもしてたか？　いや、脱糞《だっぷん》しながらオナニーしてたのかもな」

「やめてよ！　誰かに聞かれたら……」

「安心しろ。桜子は買い物だ。翼は2階でトイレが空くのを待ちわびてた」

そのセリフに、梓は安堵《あんど》の息を洩らした。秋人はなおも言う。

「翼に早く教えてやったらどうだ？　それとも、翼にも漏らさせたいのか？」

「あんた、翼には優しいのね……」

ジロリと秋人を睨《にら》み、梓は階段へと歩き去った。

「優しい……、か……」

秋人はポケットからナンバー21のカプセルを取りだす。昨夜突然生じた副作用は、眠っている間に治まっていた。今度またいつ起こるかわからないが、副作用を気にしなくて済む時間をコントロールすることはできる。そう、薬の効力が発揮されている間だけは、少なくともスガタが消えることを心配する必要はないのだ。

日向家のトイレは、一般的な住宅と比べてゆったりとした造りになっていた。建物の構造上の理由なのだろうが、洋式の便座に座ると目の前の空間が無闇《むやみ》に広く感じる。梓からトイレが空いたことを知らされた翼は、いそいそと個室に駆け込むなり、ショーツを膝《ひざ》まで下げた。切羽詰まっていた少女は、降ろすのが面倒なジーンズをあらかじめ脱いでおいていた。我が家にいる時ならではの裏技である。前屈《まえかが》みになって便座に腰を降ろすと、額に何かが触れる。翼はギョッとして手を伸ばした。虚空に熱い鼓動を感じる。

「お、お兄ちゃん!?　いるの!?」

「いる……」

「えーっ!?　突然すぎるよォ、お兄ちゃん……」

慌ててショーツを上げた翼は、そのままトイレを出ていこうとする。

「どうした？　我慢できないんじゃないのか？」

見えない腕が背後から抱《だ》き竦《すく》め、ショーツをずり降ろし始めた。

「ちょ……、ちょっと、お兄ちゃん!?　やだ……、なんで脱がすのっ!?」

「翼が用を足すところを見たいからだ」

「や、やだよぉ……、恥ずかしい！」

翼の抵抗は、むしろ秋人をムキにさせる。いきなりラグランシャツを鎖骨の位置にまで捲《めく》り上《あ》げ、ブラのカップから豊乳を強引に引っ張りだす。

「ひゃっ！」

翼が上半身に気を取られている隙《すき》にショーツを抜き去った脚に腕を伸ばし、幼い子供に排尿をさせるように抱え上げた。

「いやだよぉ、こんなポーズ……」

羞恥心《しゅうちしん》を煽《あお》られ、耳まで真っ赤にした翼が泣きベソをかく。

「翼、本当に恥ずかしいってば！　お兄ちゃぁん……」

「そんな声を出しても無駄だ」

「ど、どうしてこんな格好をさせるの!?」

「決まっている。翼にオシッコをさせるためだ」

「翼、しないもん！」

「お兄ちゃんの言うことが聞けないのか？」

「そ、そうじゃないけど……。でも、普通聞けないよぉ……、こんなの……」

翼はあくまで抵抗した。けれど、さっきから我慢のしどおしで、すでに下腹部には痺れを感じてさえいた。このまま放っておいても結果は同じだが、秋人は敢えて意地悪な手段を講じることにする。彼の耳には「翼には優しい」と言った梓のセリフが残っていた。それが、あたかも心を見透かされたようで癪《しゃく》に障る。

「そうか。だったら、そんな翼にはお仕置きをしないとな」

「ええ!? 何言ってるの？ お兄ちゃん！」

秘裂の先端に指先がちょこんと触れた。途端に身を硬くする翼。

「やっ！ あぅうっ……、そんなとこ触っちゃダメだよぉ！」

「なんで？」

言いながら秋人は、秘裂をなぞり始める。

「やだっ……、やだっ！ 出ちゃうっ！」

それが目的なだけにやめるはずもない。それどころか、ますます激しくなる。

「ゆっ、指を離して……、お兄……、んっ!?」

プルプルと痙攣《けいれん》するヒップの谷間に、熱く火照る硬い感触。しかもそれは、指の動きとは逆方向に、翼の敏感な場所を擦《こす》り上《あ》げる。

「そんな……、両方でなんてっ！ お兄ちゃん、指も……、腰も止めてェっ！」

秋人は応《こた》えず、動きを加速させる。

「んっ、んっ！ ホントにダメっ！ ああぁっ！ やぁぁ……、出ちゃう、出ちゃう！ 本当に出ちゃうよぉ！ あはぁっ！ いやぁぁぁぁぁぁぁぁーっ!!」

全身をガクガクと痙攣させ、翼が尿水を勢いよく迸《ほとばし》らせた。

「あぁぁ……、いやぁっ！ 止まらないよぉ……」

一度解放された水門は、今までの我慢もあって、意志の制御を拒絶する。便器へと流れ落ちる金色の滝はいつまでも止まらない。

「ダメッ……、ダメだよぉ！　いやぁ……、お兄ちゃん、見ないでっ！」

翼は両手で自分の顔を覆い、激しく頭を振った。その間も、放尿はずっと続いている。

「よっぽど我慢してたみたいだな……」

「うっ……うっ……、恥ずかしいよぉ……」

しばらくして激流の勢いも弱まり、それもやがて五月《さみだ》雨《れ》に変わった。

「終わったか、翼？」

「酷いよ、お兄ちゃん……。翼のこと嫌いなの？　こんな……、こんな恥ずかしいとこ見るなんて……」

「そんなに嫌だったか？」

「ヤだよぉ！」

翼はすかさず答えたが、そのあとに続いたセリフは、秋人には予想外のものだった。

「だ、だって……、お兄ちゃんに嫌われちゃう……」

「翼、心配はいらない、俺はむしろ今の翼を可愛《かわい》いとさえ思っている」

「え？　じゃあ、本当にお兄ちゃんは平気なの？」

背後の虚空を振り仰ぐと、かすかに頷《うなず》く気配がする。翼は小さな吐息を洩らした。

「そうなんだ……。翼は恥ずかしかったけど、お兄ちゃんは……嬉《うれ》しかったんだね？」

「ああ……。さあ、翼、これで専念できるだろう？」

そっと床に降ろされ、翼は便座にへたり込んだ。さすがにもう尿は出ない。この上何に専念できると言うのだろう？　その答えは、キョトンと宙を見上げる少女の目の前にあった。小さな朱唇に熱く硬いモノが触れる。脈打つソレが何か、翼は当然理解していた。

「俺のを舐《な》めてくれ」

「う……、うん……。ん……」

恥ずかしそうにしながらも、翼は鼻にかかった声を洩らし、素直にしゃぶりだす。

「んっ……、んぁっ。ん……、んん……、んっ、ふぅぅ……、お兄ちゃん、好きィ……」

ぎこちない舌遣いが、見えない肉棒を丹念に舐め上げる。両手で形を確かめながら、亀頭の先端から根もとへ、そして陰嚢《いんのう》に至るまで、震える舌先をねっとり這《は》わせていく。

「いいぞ。今度は咥えるんだ、翼」

「ん……、はぁあむ……、ん……、んむむ……」

可憐な唇をいっぱいに開き、火照る剛直を含み込む。秋人は妹の頭に両手を乗せ、そのままゆっくりと腰を前後させた。

「んむっ！　ん……、うむぅ……、んっ、んふぅぅぅんん……」

個室の中にチュプチュバピチャペチャと卑猥《ひわい》な音色が響く。興奮が身を震わせる。

「うう……、もうイくぞ！」

「ん……、んはあ……、んっ、うん……、お兄ちゃん……、出してっ！」

翼も夢中で頭を前後させる。口腔内《こうこうない》の肉棒が限界まで膨れるのがわかる。

「翼……、お兄ちゃんの……呑んでみたい。んっ……、お兄ちゃんのこと、全部知りたいから……、はぁむぅ……」

「いいだろう、俺の味を教えてやる。そら！」

瞬間、兄の男根をズッポリと咥え込んだ妹の口の中で、臨界を超えた興奮がメルトダウンした。ビクンと跳ねた怒張の先端が灼熱の奔流を噴出させる。

「んっ……、んむぅっ！」

喉奥《のどおく》に突き刺さる肉棒が乱暴に脈打つ。口腔内に溢《あふ》れる粘つく白濁液を、翼が喉を鳴らして呑み込もうとする。

「んぐ……、んぐ……。んっ！　んっ！」

熱い粘液は留まることを知らない。初めての翼には、あまりに大量すぎた。

「んんっ……んっ！　んはぁっ！　ゲホッ！　ケホ……」

結局翼は、息が続かなくなってとうとう口を放した。未《いま》だ元気な脈打ちが、むせる翼の顔面に雪化粧を施す。

「ふぅー……。翼、どうだ？　美味《うま》かったか？」

「う、うん……。美味《おい》しかったよ……。お兄ちゃんの味がして……」

恍惚の色を浮かべた瞳が見上げる。その表情に、秋人は満足げに頷いていた。

第九章　新たなる家族の絆

「相手をして欲しいのか？」

冷ややかな態度で秋人が言った。

「そ、そうよ！　ムカツクけど……。でも、あんたがこんなにしたのよっ！」

そう応じたのは梓だ。土曜の夜だというのに、彼女は呑《の》みにも行かず、義弟の部屋を訪れていた。その身体《からだ》は小刻みに震え、濁った瞳《ひとみ》が落ち着きなく揺れている。

「もともとだろ？」

「違うわっ！」

梓の顔に焦燥感が浮かんだ。こうしている間も、下腹部の疼《うず》きがとまらない。媚《び》薬《やく》の効果はとうにきれているはずだった。それなのに彼女は、媚薬を塗られた日以来、いいや、義理の弟に犯された時以来、我が身に生じた悦楽の炎を消せずにいた。

「きっと理屈じゃないんだわ。あたし、悔しいけど、あんたじゃないとイけないのよ」

「淫乱《いんらん》が！　それならお前に極上の刺激を与えてやるよ」

ついて来いと促された梓は、てっきり地下室へ行くものだとばかり思っていた。ちょうど今、桜子は風呂《ふろ》に入っているが、2階には翼がいる。どんな仕打ちを受けるのかはともかく、他の家族にバレないようにするためには地下室が最善の場所だからだ。ところが、廊下に出た秋人は階段を降りることなく、とあるドアの前で足を止める。

「梓はここにいろ。お前が興奮するものを見せてやる」

言うが早いか、ノックもせずにドアのを開け、室内へと踏み込む秋人。そこは翼の部屋だった。梓は扉の陰で愕然《がくぜん》と立《た》ち竦《すく》む。そして、さらなる驚愕《きょうがく》が彼女を襲う。

細く開いたドアの隙間《すきま》から覗《のぞ》く光景は、まさに信じられないものだった。こともあろうに翼は、主を待ちわびる仔犬のように尻尾《しっぽ》を振って秋人へ飛びついた。そのまま熱い抱擁とキスを交わし、ベッドの上で服を脱がされていく。

「秋人⁉　翼にまで手をかけてたのっ⁉」

梓の喉奥《のどおく》から掠《かす》れた声が洩《も》れた。

「なんてことっ！　許せない！　あたしを騙《だま》していたなんて！」

驚き、怒り、絶望する梓。自らを犠牲《ぎせい》にして家族を護《まも》っていたつもりが、まったくの無駄だったのだ。信じた自分がバカだった。裏切られた長姉は腸を捩切《ねじき》られる思いだった。

しかしそれにしても……。梓は隙間に目を凝らす。計略によって力づくで犯された自分と違い、ソックスだけの姿になった末妹を愛撫する秋人は、透明人間になっていない。あまつさえ、ベッドに腰かけた秋人に背後から抱えられる翼は、嬉《うれ》しそうに身悶《みもだ》えている。

「あ……んっ！　恥ずかしいよ……。ああん、エッチだよォ、お兄ちゃんの手つきィ！」

割り開いた妹の秘裂を撫《な》でまわす一方、秋人も服を脱いだ。梓がねだったいきり勃《た》つイチモツがそこにある。けれどそれは、長姉ではなく末妹の膣内《ちつない》へと埋め込まれた。

「あぁっ！　ハァッ……、はぁあんんっ！　お、お兄ちゃぁんっ！」

梓にも負けない迫力の乳房が揺れる。ひとつに繋《つな》がった妹の耳もとで秋人が囁《ささや》く。

「翼、気持いいか？」

「うん……、うんっ！　すごく気持いい！」

翼の腰は激しくうねり、自らの意志で秋人の股間《こかん》へと揺れるヒップを押しつけていた。

ふたりの結合部からは、グチュグチュと卑猥《ひわい》なメロディを奏でる汁めいた音が洩れる。

「すごい感度だな、翼」

「ああんっ！　はぁっ！　お、お兄ちゃんっ、好きィ！」

茫然《ぼうぜん》とする梓の耳に嬌声《きょうせい》が届く。あまりのショックに身が震えた。

「なんなのよっ、あの甘えた声っ！　ふたりとも……、あんなに嬉しそうにしてっ！　どうしてあたしが、こんなものを見なければいけないのよっ！」

梓の呟《つぶや》きは怒りの感情によるものだ。けれどいつの間にか、彼女が抱く怒りの意味は当初とは変わっていた。なぜなら、彼女の怒りは秋人だけでなく翼にも向けられていたのだから。梓の身を震わせるショックと怒りの感情とは、すなわち嫉妬《しっと》だったのである。

やめさせなきゃ！　室内に踏み込もうと梓の爪先《つまさき》に力が入った。しかし、途端に膝《ひざ》がカクンと落ちる。彼女は力なくドアの傍《そば》に尻餅《しりもち》をついた。室内のふたりに視線を釘づけたまま。あまつさえ、その腕は自分の服の胸もととジーンズの中へ忍び込む。

「はぁ……はぁ……。あたし、どうしてこうなるの？　こんなことってあんまりだわ！

でも……、なのに……、ああ……、もうダメ！」

感情が高まれば高まるほど、身体が火照り疼いて我慢できない。ショーツの下に挿し入れた指がまさぐる花園は、とっくに洪水状態だ。

これは、きっと媚薬のせいに違いない。それが単なる自己弁護でしかないことは、梓も充分に承知していた。それでも、何かのせいにしなくてはとても耐えられなかった。

ドアの隙間の向こうでは、ふたりの淫事《いんじ》が続いている。

「あっあっ！　気持ちよすぎて……、翼、おかしくなっちゃうよォ！」

強く、深く、ふたりの身はいっそう密着する。身体が溶けているかのように、際限なく汗を滴らせ、びっしょりに濡れた肌が蛍光灯の明かりを浴びて照り返る。

「あっ！　あっ！　あっ！　あっく……、くぅぅっー！　イッ、イくゥっ！」

どんなに求めても得られないものを、よりにもよって、あの翼が……。

「羨《うらや》ましい……。秋人、どうしてあたしにはシてくれないの？」

涙の溢《あふ》れる目でふたりの行為を盗み見ながら、梓には自らの肉体を慰めることしかできなかった。

薄く開いた瞼越《まぶたご》しに、秋人は暗い室内を眺めていた。今まで何度寝返りを打ったろう。翼との行為を梓に見せつけたあと、シャワーを浴び、すぐにベッドへと潜り込んだ。その直後から、彼はチクチクと針で刺されるような感覚を全身に感じていた。ナンバー21の副作用であることは明らかだ。ナンバー21が偶然の産物でない以上、副作用を中和する薬を開発することは可能だろう。だが秋人は、中和薬を開発する時間を惜しんだ。あと数日で父親が帰国する。それまでに、彼にはやっておかなければならないことがあった。

桜子を服従させ、梓を屈伏させたことで、復讐は終わりを告げている。翼と関係を結んだことで、秋人の目的意識は明確に変化していた。そう、破壊から創造へと切り替わったのだ。断ち切られた家族の絆《きずな》、崩壊した家族の関係を、彼は再構築しようと考えていた。だがそれは、単純な修復ではない。そもそも修復などできるはずがない。だからこその再構築なのだ。秋人を中心とした、新たなる絆、新たなる関係を創《つく》り上《あ》げる。発明における勝者の優越と同様に、彼はまさに神となって、新たなる世界を創造しようとしていた。

タイムリミットは父親が家に戻るまで。時間は限られていた。そしてまた秋人は、今も身を襲う副作用のもたらす最悪のシナリオをも考慮していた。

人間は死して土に還《かえ》る。しかし、死したわけでもなく、存在が消滅したわけでもなく、スガタだけが消えてしまった者はどこに還るのだろう?

チクチク感は痺《しび》れに変わっていた。感覚が鈍り、指ひとつ動かすことも叶《かな》わない。意識だけが妙にハッキリしている夢現《ゆめうつつ》の状態。まるで金縛りにでもかかったように、彼はベッドの上に横たわっていた。

「こんなにうなされて……。無理をするから……」

不意に、そんな呟きが聞こえた。相変わらず瞼は薄く開いている。瞳が動かせないお陰で狭い視界に人影が現れた。声の主、桜子である。

「怖がらないで……。辛《つら》い気持をひとりで背負わないで……」

桜子は言い、そっと秋人の頰《ほお》を撫でた。麻痺《まひ》した神経に、温かく優しい感触だけが生々しく伝わる。なぜか桜子が加える感触だけは認識できる。そして彼女が囁いた。

「秋人……、もうこれ以上自分を傷つけないで……。偽りの自分で心を縛らないで……。本当の自分を取り戻して……。秋人……」

桜子の柔らかな朱唇が秋人の唇に触れる。それきり、彼は安らかな眠りへと落ちた。


目覚まし時計が鳴り、秋人は瞼を開く。アラームのスイッチを切り、窓から射し込む春の陽《ひ》にその手をかざす。陽光を遮る手がハッキリと見えた。副作用は治まっている。スガタも消えてはいない。

ベッドから身を起こした彼は、椅子《いす》にかけてあったシャツに袖《そで》を通す。今日すべきことは、決まっていた。新たなる家族の絆を創る。その目的の達成のために、秋人は前日組んだタイムスケジュールに合わせて行動を開始した。

廊下に出た彼は、いきなり翼に抱きつかれる。

「お兄ちゃん、おはよー！　今日は珍しく早起きだね」

じゃれつく妹の頭を撫で、秋人は抑揚のない声をかける。

「翼は俺《おれ》のことが好きか？」

「えっ？　お兄ちゃん、どうしたの？」

「もう一度、ちゃんと聞いておきたいんだ」

「そんなのわかってるでしょォ！」

言いながら、翼は兄の身をギュッと抱き締めた。

「もちろん好きだよォ」

「何があっても？」

「うん……。翼は、お兄ちゃんの望むことなんでもしてあげたいよ」

「そうか……。じゃあ、リビングに行っててくれ。大事な話がある」

「うんっ」

大きく頷《うなず》き、翼は陽気に階段を降りていく。それを見送ったあとで、秋人はおもむろに背後を振り返った。投げかける視線の先には、眉《まゆ》を吊《つ》り上《あ》げた梓が立っている。

「どういうつもり？」

「何が？」

「何がって……。あんた……昨日……」

「自分から墓穴をほる気か？　俺は知ってるぞ。妹のセックスを見て興奮してたろう？」

「秋人！」

「梓、しばらくしたら翼を連れてダイニングに来い。もっといいものを見せてやる」

「なっ、なんのことよ⁉」

「知りたいのなら来るんだな」

口もとを歪《ゆが》めて笑う秋人は、梓に背を向け、ゆっくりと歩きだす。

1階に降りた彼は、翼の待つリビングではなく、ダイニングを抜け、キッチンへと足を向けた。そこでは、桜子が朝食の準備をしている。

「暗いな桜子、料理中の鼻唄《はなうた》はどうした？」

「秋人？　いきなり後ろから驚かさないで」

目を丸くした彼女はいろいろな意味で驚いていた。春休みが終わったわけでもないのに秋人が朝食前に起きだしたこと。わざわざキッチンへ顔を出したこと。そして透明人間になっていなかったこと……。桜子を見つめる秋人の眼差《まなざ》しは、あることを訴えている。それだけに、透明になって現れなかったことがなおさら不思議だった。

「どうしたの、秋人？　シ……、シたいの？」

秋人は答えず、ただニヤニヤ笑うだけ。もっとも、桜子にはそれで充分だった。

「それだったら……、わたしの部屋に行きましょう？」

「ずいぶん素直だな。いい心がけだ」

「わたし……、もう、決めたから……」

「何をだ？」

怪訝《けげん》そうな顔で問う秋人。今度は桜子が答えなかった。

「まぁ、いい……。それより、エプロン以外を脱いでもらおうか」

「え？　エプロン……以外って？　ここで？」

「そうだ。さっきの心がけを証明してもらおう」

「で……、でも……」

揺れる瞳が秋人の背後にある入り口に注がれた。隣のダイニングに人の気配はない。耳を澄ますと、リビングのほうからＴＶの音声が聞こえてくる。翼か、梓か、あるいはふたりともいるのか……。一瞬の躊躇《ちゅうちょ》。けれど桜子は、結局秋人の指示に従った。

服と下着を脱いで全裸になり、その上にエプロンだけをまとう。

「クク……。いやらしい格好だ」

ユラリと肩を揺らした秋人が、桜子の腰に手を伸ばした。そのまま背後にまわってエプロンの下に手を潜らせ、右手を豊満な胸に、左手をなだらかな下腹部へと滑らせる。

「ああ……、秋人……。恥ずかしい……」

早くも湿った吐息を洩らす桜子は、しかし次の瞬間に息を呑んで表情を凍りつかせた。

「さ、桜子ちゃん⁉」

「どっ、どういうことなの⁉」

いつの間にか、キッチンの入り口で翼と梓が立ち竦んでいる。逃げも隠れも、ごまかすことさえできない状況。答える術《すべ》の見つからない桜子に代わり、秋人が口を開いた。

「ふたりとも、黙ってこれから起こることをよく見てろ」

彼は手早く服を脱ぎ、全裸になる。股間の分身はすでに準備万端張り詰めていた。

「桜子、声に出して答えろよ。昨日は一度も挿《い》れられなかったんだ、欲しいんだろ？」

「秋人！　あんた、何をしようとしてるかわかってるの⁉」

梓のヒステリックな叫び。そこに滲《にじ》む動揺は、昨夜と同じ嫉妬の響きを含んでいる。

「俺と翼がヤってるのを見ながらオナニーしてた女が何を言う？」

秋人に見抜かれ、梓はあっさり沈黙した。隣に立つ翼も二重のショックで茫然としている。一方、歪んだ笑みを浮かべる秋人は、桜子の内腿《うちもも》の間へと背後からイチモツを潜り込ませる。灼熱《しゃくねつ》の凶器が火照った媚肉に触れると、ソコはすでに大量の淫蜜《いんみつ》に塗《まみ》れていた。

「桜子、気にしているのか？　俺が、梓や翼にまで手を出していたことを」

桜子はまだ最初の問いに答えていない。両手で乳房を鷲掴《わしづか》む秋人が、答えを催促した。

すると、ためらいがちに返ってきた言葉は、秋人には計算外のものだった。

「わたし……、気づいてたのよ……」

「えっ？」

意表を衝《つ》かれ、思わず声をあげる秋人。沈黙していた梓も再び叫ぶ。

「だったら、なんでっ！」

「姉さん……。わかってるの……。わたし、何もかもわかっているのよ。でも、わたしにとってはしかたのないことだから……。だから、気付かないフリをしていたの。秋人とわたしの関係が、二度と壊れてしまわないように……」

いったい何をわかっていると言うのか？　裏切られた思いの梓は、今の自分が置かれた状況をかつて秋人も経験していたことに気づく。それだけに、妹の言葉をなおさら認めたくはなかった。それが、長姉としての精いっぱいの抵抗だった。

「桜子！　あんた、身体の繋がりがそんなに大事なの!?」

「身体も……、心もよ」

姉と妹を見つめる桜子の瞳は熱に浮かれ潤んでこそいるが、澄んだ色を湛《たた》えている。

「秋人、お願い……。挿れて下さい」

ちょうどその時、電話のベルが鳴り響く。むろん誰《だれ》ひとり動こうとはしなかった。重苦しい沈黙の中、秋人さえも立ち尽くしている。

電話のベルは鳴りやまなかった。コールの音が2ケタを数える頃《ころ》、桜子がおもむろに動きだす。茫然とする一同に見送られ、彼女はキッチンを出ていく。一瞬後、誰からともなく顔を見合わせた3人は、慌ててあとを追った。

裸エプロン姿の桜子は、ダイニングで電話を受けていた。秋人がやって来たのを横目で確認すると、こともあろうかテーブルに片手をつき、ねだるようにヒップを突きだす。

これもまた計算外だ。もっとも、予測のつかないアクシデントに対処する術は身についている。秋人はニヤリと笑って自分に身も心も捧《ささ》げた娘の腰を抱いた。そのまま、しとどに濡れそぼる淫裂《いんれつ》を一気に貫く。その様子を目の当たりにした梓と翼は声さえ出ない。

「んっ！　んん……、う、うん……んっ！　お、お父さんの……ほうは？」

電話の相手は父親らしい。あくまで平静を装おうとする桜子。受話器を持った手が震えるのを、必死に抑えている。そんな切羽詰った彼女にお構いなく、両手で乳房を揉《も》みしだき、ストロークの長いピストン運動を始める秋人。後ろから突くたびに、引き締まった尻肉がブルブルと波打ち、悦楽の波紋が背筋から全身へと伝わっているようだ。

「あっ！　んっ！　ちょ、ちょっと……体調が悪くて……、だから……んくっ！」

それは信じ難い光景だった。テーブルに身を預けて絡むふたりに注がれる突き刺すような視線。梓も翼も、ただ立ち尽くし、固唾《かたず》を呑んで見守っている。

「んっ……あっ……、だ、大丈夫……。た……、ただの風邪だから……」

わざと大きな音を響かせて、秋人は尻頬に下腹部をぶつけた。肉と肉がぶつかる音と同時に、白くしなやかな桜子の背筋が激しくうねる。搾り上げる胸の奥から、抑えることの

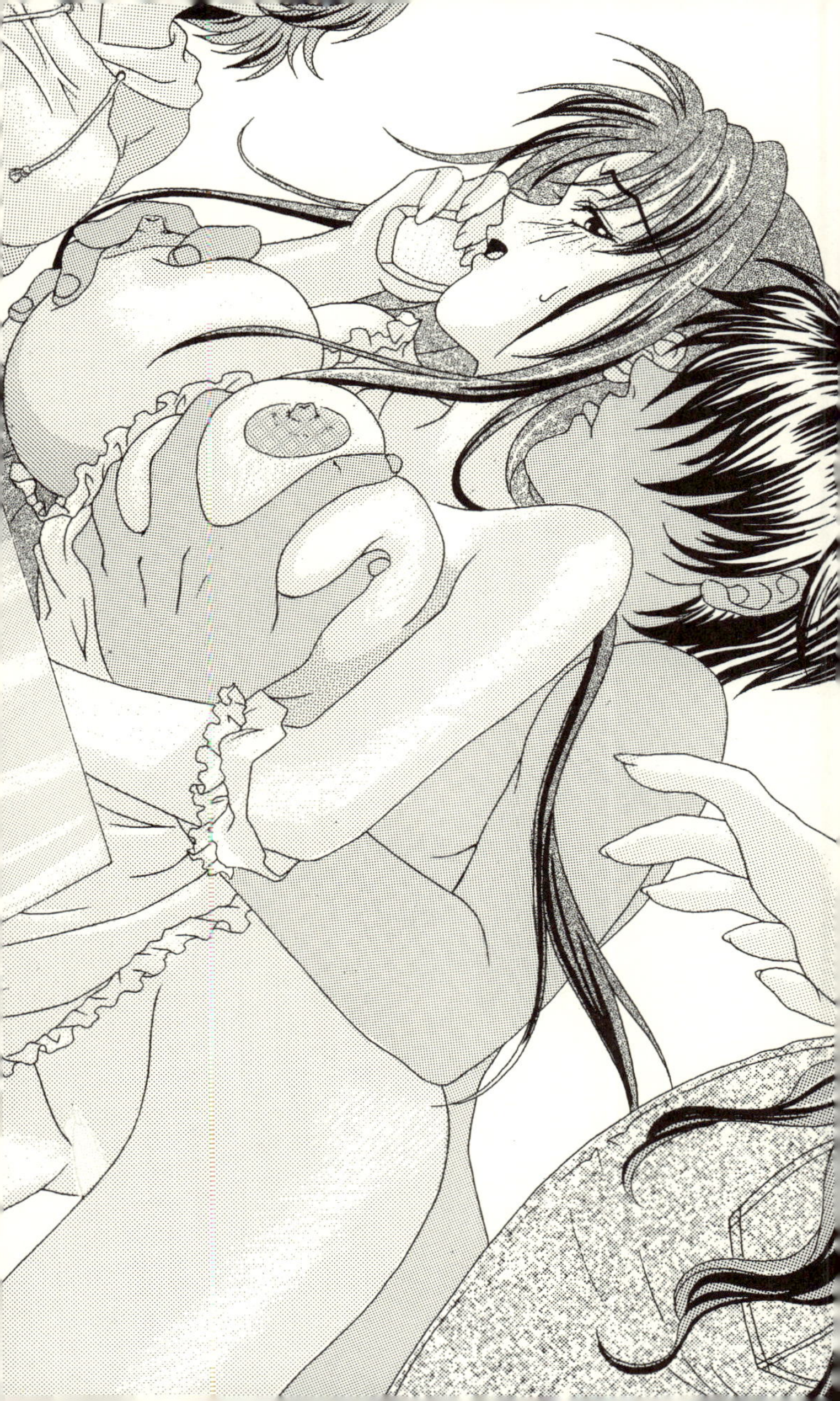

できない喘《あえ》ぎ声が発せられる。そうこうするうち、ついに堪《こら》えきれなくなった桜子が、受話器に向かって震える声で囁いた。

「お父さん……、そろそろ電話切るね」

「ちょ……、ちょっと！　桜子、電話代わってよ！」

驚愕の眼差しで生唾《なまつば》を呑んでいた梓が、ハッとした様子で言う。しかし、梓の瞳を見返した桜子は、コードレスフォンの〝切〟ボタンに指をかけた。

「さ、桜子！」

すかさず受話器を取り上げる梓。だが、すでに電話は切れていた。受話器をまじまじと見つめる目の隅で、桜子が秋人の腰のスライドを受けて肢体を艶《なま》めかしく揺すっている。

「ど……、どうして？　あんた達《たち》……、正気なの!?」

正気という概念は、狂気との明確な境があってこそ成立する。狂気もまた然《しか》り。正気と狂気は互いに対をなし、補完しあっているのだ。けれど、境となるべき基準は主観によって変化する。今の状況が正気であるのか狂気であるのか、客観的に判断できるだけの理性を持ち合わせた者がこの場にいるだろうか？　梓自身、さきほど来の異様な雰囲気に呑まれ、我を忘れている。

「お……、お兄ちゃん」

不意に翼が口を開いた。憂いを帯びた真剣な眼差しが秋人を見つめる。

「ねえ、聞かせて……。お兄ちゃん、翼のことは好きじゃなかったの？　もしかして、お兄ちゃん、最初から……、桜子ちゃんのことが……」

「翼は、桜子や梓のことが嫌いか？」

「えっ？　そっ、そんなこと……あるわけないよ……。家族だもん」

「俺のこともそう思ってくれているか？　血が繋がっていなくても……」

「当たり前だよ！」

「その気持ちには〝好き〟という感情が含まれているか？　それは、さっき翼が言った〝好き〟という言葉とは別のものなのか？」

「そんなこと……わからないよ……」

翼は困惑していた。姉のことを貫きながら淡々と話す秋人の真意が理解できない。

「翼……、俺が言いたいのは、翼の言う〝好き〟の形はひとつじゃないってことだ。俺は確かに桜子が好きだし、同じように翼も好きだ。梓だってな。わかるか？」

「それって、家族だから……、家族みんなが好きだってことなの？」

頷く兄の顔には優しい笑みが浮かんでいる。

「もうわかってるじゃないか。これが……、この家での新しい家族の愛の形だ。翼のことも好きだから抱いたんだ。好きだから家族をひとつにしたい。家族を丸ごと、深く……、より深く愛したいんだ。言ってることがわかるか、翼？」

「翼は、お兄ちゃんのことを信じてる。だから、お兄ちゃんの言ってることも……、少しわかった気がする……。翼はお兄ちゃんに従うよ。これって正しいことなんだよね？」

「つっ、翼⁉」

ギョッとして声をあげたのは梓である。

「でも……、やっぱりずるいよ。桜子ちゃん、すごく気持ちよさそうだもん。翼だって気持ちよくなりたいよ……。翼だって、さっきからヌルヌルしてたんだからァ……」

「いい子だ、翼、そのまま服を脱いでこっちへ来るんだ」

「翼、ダメよっ！」

梓が叫んだ。このままでは自分ひとりが悪者にされてしまう。誰よりも真っ先に秋人の胸へ飛び込みたい気持ちを抑えてきた自分が、あまりにも惨《みじ》めに思える。従順な桜子や素直な翼が羨ましい。いっそ、無理矢理犯されたほうがどんなに楽か……。

「梓……」

長姉の心を見透かしたように秋人が手招きする。

「何よ！　なんであたしにも手を差し伸べるのよっ⁉」

「今、話したことは俺の本心だ。俺は、梓のことだって愛してるつもりだ」

「勝手なことばっかり……。こんな異常な関係、いったい何を得られるっていうのよ⁉」

そのセリフには、罵《のの》り挑発することで、無理矢理犯してくれるかもしれないという打算が込められていた。けれど、秋人は小さくため息をつくばかりだった。

「じゃあ、そこで見ていてくれ。これから起こる始まりの宴《うたげ》を」

秋人は、全裸になった翼に手伝ってもらい、桜子の身体をテーブルの上へ仰向けに乗せた。そして、再び桜子にイチモツを打ち込み、その一方で翼を抱き寄せて愛撫する。

「くうぅぅ……、あぁあっ！　いきなり深くまで来てるわ……。あっ、あっ！　んあっ！」

「ん……、あぁ……、桜子ちゃんの中に根もとまで入ってる……」

持ち前の好奇心を発揮し、秋人と桜子の結合部を間近で見降ろす翼。そんな末妹の可憐《かれん》な唇を食《は》み、胸や下腹部をまさぐりつつ、秋人はさらに深く桜子の体内を抉《えぐ》る。テーブルの上で身悶える桜子が、堪《たま》らず激しく腰を振って応じた。

「あぁあっ！　あ……、感じちゃ……うああっ！　あっ、あっ……、ダメっ！　あぁぁあっ！　もうっ……、わたし……、イきそう！　くああぁっ！」

見られている。そのことが、桜子の興奮をいつも以上に煽《あお》っていた。

「桜子……、そんなに乱れて……。そんなに……、凄《すご》くいいの？」

指を咥《くわ》えて見ているしかない梓は、しだいに足に力が入らなくなってストンと床に腰を落とす。無意識に下腹部へと伸びた指が、ジーンズのボタンを外す。

テーブルでは、貫かれる桜子の花園を、翼が興味津々に覗き込んでいた。

「うわぁ……、凄いよ……。お姉ちゃんのこれ……、オシッコ？」

「ち、ちがっ……あっ、はぁん！　ダメ……。そっ、そんなにじっくり見ないで！」

「桜子ちゃん、翼、桜子ちゃんがイく瞬間見てみたい！」

「そっ、そんなこと……、言わないでェ……」

「翼の頼みだ、イく瞬間を見て欲しいって言ってやれよ」

それが、より家族の絆を深める。秋人はそう考えていた。もっとも、当の桜子にしてみれば、なかなか口にできるものではない。羞恥《しゅうち》に震え、唇を噛《か》み締《し》めて首を横に振る。

「お兄ちゃん、翼に挿れてよォ！　翼だったら何回でも言っちゃうよォ！」

姉の見せる頑《かたく》なさにじれ、翼が兄にせがんだ。

「梓はどうだ？」

視線を投げた先では、いつしか半裸になっていた梓が期待を込めた瞳を潤ましている。

「あたしは……。でも……、言ったら……シて……くれるの？」

「待っててっ！」

姉と妹の言葉が桜子の嫉妬心に火をつけた。あるいは独占欲が芽生えたと言ってもいいかもしれない。これもまた、秋人としては計算外のことだが、彼は知る由もなかった。

「言うわ……。だからお願い、続けて……」

「いいだろう」

ピストンを再開する秋人。さっきまでよりも数倍強烈な突き上げを桜子に叩《たた》きつける。

「あっ！　あっ！　んぐぅっ！」

桜子は腰を目いっぱいクネらせ、秋人のすべてを受け取ろうとしている。

「ああ……、すご……。桜子のピンク色の肉が秋人のに貼《は》りついてる……」

「んんっ！　くはぁ……、ああ……、姉さん、そんなに見ないで……」

「桜子ちゃん、すっごくイヤラシイよっ！」

「ああ……、翼、ダメっ！　そんな、恥ずかしい……」

テーブルを囲む梓と翼が繰りだす実況解説に羞恥の言葉を吐きながらも、桜子は自らの腰の動きを休めようとさえしない。その瞬間が迫っていることを淫猥《いんわい》な膣肉の締めつけで察した秋人は、ますます抽挿《ちゅうそう》のスピードを速めた。

「あうぅ……、あっ……、あぅっ！　んんっ！」

眉間《みけん》にシワを刻み、苦悶と悦楽の混ざった淫猥な表情を浮かべる桜子。

「んあっ！　あっ！　あ……、ダメっ！　イくぅ！　くっ、見て！　イくとこを見て！」

桜子の肢体が緊張に強張り、次いでしなやかに反り返った。

「くあっ！　イックゥゥゥゥゥゥゥーッ!!」

噴き出た灼熱の白濁液が、激しい濁流となって桜子の膣内に迸《ほとばし》る。

「お兄ちゃん……、凄いいっぱい出てる……」

「しかも膣内で……」

翼と梓が顔を見合わせた。そこには桜子に対する羨望《せんぼう》の色が滲んでいた。秋人はというと、射精を終えてもなお、恍惚《こうこつ》の余韻に緩いわななきを繰り返している。

「はあ、はあ、はあ……」

テーブルに身を投げだした桜子からようやく半萎《はんな》えのイチモツを抜き去り、秋人は床に尻餅をついた。それも束《つか》の間《ま》、荒い息が治まらぬうちに、散々見せつけられた姉妹によって肉棒は息を吹き返すことを強要される。

「お兄ちゃん、シて！　もう我慢できないから、お姉ちゃんと一緒にでもいいよ！」

「ここまで見せられたら、あたしだって……。お願い、一緒でいいからちょうだい！」

断れるはずもない。これこそ秋人が望んだ新たなる家族の絆なのだ。彼はまず、妹の中に自分のモノを埋め込んだ。

「あっ！　桜子ちゃんのヌルヌルが……、翼の中に入って……んんっ！」

10回ほど往復し、すぐに梓の淫穴《いんけつ》に肉棒を移す。

「んん……、あっ！　どうしてこんなに気持いいのっ⁉」

まるで張り合うように喘ぎ声を響かせる姉妹。肉棒にまとわりつくネバネバとした愛液は、3姉妹それぞれの分が混じり合っている。酷《ひど》く汁光った剛直を思いのまま振る舞う。

そこへ、いくぶん回復したのか、桜子がテーブルから降りてきた。翼の背に身を覆《おお》い被《かぶ》せ、ヒップを揺すってねだる。苦笑した秋人は、重なる姉妹の上に、さらに梓を乗せた。

3色丼《どん》ならぬ、3姉妹丼だ。

ジューシィなそぼろ肉、しっとり甘い炒《い》り玉子、シャキシャキと瑞々しい鞘《さや》インゲン。具となる食材は各家庭によっても差はあるだろうが、ホカホカの飯を彩る3種類の具を堪能《たんのう》するように、姉妹の肉体を貪《むさぼ》る秋人。

室内にこだまする3人の喘ぎや淫部《いんぶ》から洩れ響くそれぞれの卑猥な音色のハーモニーもまた、目的を達した彼に至高の悦《よろこ》びを与えてくれる。一方の3姉妹も、秋人がもたらす痺れるばかりの悦楽を全身で享受している。日向家の子供達は、文字どおりひとつとなって互いを繋ぐ絆を実感していた。強く、深く……。

「お兄ちゃん！　翼、もうちょっとだよ！」

「ああっ、翼、ズルイ！　あたしだってェ……」

「うっく……、秋人ォ……、わたしもォ～！」

荒い呼吸で返事もできない秋人は、腰のピストンを速める。ひとりに集中すると、すぐに他のふたりがねだる。まさに攻防一体。息をつく暇もなかった。

「あっ！　あっ！　つ、翼……、イくよ！　イッちゃうよぉ！　イックゥ～ッ！」

思いきり身体を伸ばし、異常なほどの痙攣《けいれん》をみせる翼。素早く剛直を抜いた秋人は、残るふたりを交互に貫いた。何度も何度も、満足のいくまで。

やがて、熱い塊が膣内から弾《はじ》け出《で》て、外気に当てられると同時に大きく脈打った。桜子と梓の瞬間的な咆哮《ほうこう》が途切れ、裏返る。

「あ……くぅぅぅぅーっ!!」

「くっはぁっ！　ひぃぁぁーっ!!」

獣のように暴れる肉棒が、３姉妹の上へ止めどなく熱液を振《ふ》り撒《ま》いた。その時！

「ぐっ!?」

秋人が突然昏倒《こんとう》する。その裸身はしだいに色を失くし、点滅でもするかの如《ごと》く、スガタを消しては現す。体が引き裂かれるような感覚に、激しくのたうちまわる秋人。

何が起きたかわからず、一瞬茫然とした姉妹の悲鳴が、ゆっくりと家中に響き渡った。

エピローグ　―スガタ―

あれから2週間がすぎた。娘の対応に不審を抱いた父親の手配で、秋人は病院に収容されていた。そこは、不慮の飛行機事故で急逝した秋人の本当の両親と育ての親である日向夫妻が働いていた生化学研究所の運営する病院で、原因不明の症状を引き起こし昏睡する彼に可能な限りの処置を施してくれた。

3日前にいったん意識を取り戻した秋人は、その後再び眠りにつき、45時間を経過した今朝、静かに目を覚ましていた。

彼はまず、目の前に手をかざした。スガタは消えていない。そして、ゆっくりと顔を横に向ける。視線の先には桜子の顔があった。

「桜子……」

微笑《ほほえ》む桜子に、秋人は恐るおそる状況を尋ねてみた。彼女は入院から今日に至るまでの経緯を話して聞かせた。

「それで、親父《おやじ》は？」

「お父さん、秋人のことをとても心配してたよ」

「そうか」

「でも……、今はもう家にいないわ」

そう言って、桜子は理由を大まかに説明する。

一昨日、意識を取り戻し、当面の秋人の無事がわかった段階で、彼女は父親と話し合ったのだと告げた。すべてを包み隠さず打ち明けると、父親は自身の責任を痛感しながらも渋々納得したという。そしてトンボ返りで海外に戻って行った。今度は出張ではなく、突然の転勤が決まったらしいのだ。

「梓姉と翼は？」

「うん……。姉さんと翼は……、お父さんについて行ったわ……。しばらく向こうで暮らすんじゃないかしら。翼は最後の最後まで向こうに行くのを嫌がってはいたけど、姉さんがなんとか説得して連れて行ったみたい」

海外では9月からの新学期が一般的だ。今から半年の間に現地の言葉をマスターし、梓も翼も新しい生活を歩むことになるのだろう。

絆《きずな》は、再び失われてしまった。神になったと確信したあの瞬間、どうして自分は消えてなくなってしまわなかったのか。完璧《かんぺき》な結末を迎え損ねた気がして、秋人は現実の厳しさを思い知る。

所詮《しょせん》人間は神にはなれない。望む望まざるにかかわらず、試練はまだまだ続くのだ。だがしかし……。

その先に待つものはなんだ？　もはや自分に何が残されているというのだ？

今の秋人には、生きるための目的も希望も見つからなかった。もはや自らの意志で透明になることもない。彼にとってのすべては終わりを告げたのだ。あとはただ、人智《じんち》を超越した存在の審判を待つだけに思える。

ふと、別れの言葉もなく旅立っていった人々のことが脳裏に浮かんだ。

顔さえ憶《おぼ》えていない実の両親……。

実の両親同様、幼い頃《ころ》に他界したお袋……。

友人の忘れ形見というだけで俺を育ててくれた親父……。

どんな時も俺を兄と慕ってくれた可愛《かわい》い翼……。

そして、梓姉は……。

さっきからじっと覗《のぞ》き込《こ》む桜子の澄んだ瞳《ひとみ》に自分の顔を映す秋人は、喉《のど》の奥から低く掠《かす》れた声を洩《も》らす。

「梓姉は俺《おれ》を恨み続けるんだろうな」

「そんなことないと思う」

「気休めはいい……。桜子だってこれからもそうなんだろ？」

自嘲《じちょう》気味の笑みを浮かべ、秋人は天井を眺めた。

「秋人……、気づいてなかったのね」

「え？」

「姉さんは、少なくとも……、今のわたしの気持ちを一番理解できるんじゃないかな？

でも……、きっと……、最後まで長女であることを選んだんだと思うの」

含みを持った抽象的な言い回しに、困惑の表情を向ける秋人。

「よくわからんが……。そもそも、桜子はどうして残ったんだ？」

「わたしは……、あの日の夜に決めていたの……」

「あの日？」

「秋人は気づいてなかったかもしれないけど……、わたし、あの時思ってたの、秋人の気持ちは何があっても裏切らないって……。もうこれ以上秋人を絶対傷つけないって……」

副作用の後遺症からか記憶が曖昧《あいまい》だ。脳裏に浮かぶ情景を辿《たど》る秋人は、しかしそのたびに、自分がしてしまった行為の数々を思いださずにはいられない。

「桜子……、たぶん俺は、もう歪《ゆが》んだ目でしか物事を見れなくなっている。すべてが歪《いびつ》に変わり果ててしまったんだ。それが俺のスガタなんだ」

ポツリと呟《つぶや》き、秋人は続けた。

「子供の頃《ころ》からの夢だった透明化薬の開発に成功し、実際に透明人間にもなった。目に見えるものだけがすべてじゃないということを証明するために……。そのことが、桜子達《たち》にどんな思いをさせたかも理解している。けれど俺は……、どうしても新しい絆《きずな》が欲しかったんだ……」

言いながら秋人は、腕を天井へと突き上げ軽く拳《こぶし》を握った。それからゆっくり腕を降ろして、空《くう》を掴《つか》んだ掌《てのひら》を見つめる。

「俺の体は自分が開発した薬の副作用に蝕《むしば》まれている。いつまた症状が起こるかわからない。どうなるかさえも……。だが、覚悟はできている。もう思い残すことはない」

途端に桜子の表情が一変した。怒っているような、泣いているような、複雑な表情だ。

「お願い、そんなこと言わないで！　少しずつ癒《いや》していきましょう。わたしはずっと傍《そば》にいるから……」

「後悔することになるぞ。俺は、桜子達だけじゃなく、見ず知らずの人間にまで酷《ひど》いことをしてしまったんだ。許される人間ではない」

吐きだされる懺悔《ざんげ》の言葉。それでも桜子は決意を込めて言い返した。

「だったらなおさらだわ。生きることを諦《あきら》めるのが償《つぐな》いとでも言うの？　秋人はこの先、その思いを一生背負っていかなければならない義務があるのよ。どんなに辛《つら》くても……。それを自分から放棄するなんて、それこそ許されないことだわ」

秋人に注がれる眼差《まなざ》しは真剣そのものだった。桜子の潤んだ目の端から、ポロリと涙の雫《しずく》がこぼれる。

「わたし、何があっても後悔なんてしないわ。もう決心したことなの。絶対に秋人をひとりにしない……。それに、これからは家族としてだけじゃないよ……」

いったん言葉を切った桜子は、一冊のファイルブックを差しだした。

「秋人、これ」

開いて見せたファイルには、色褪《いろあ》せたプリント用紙が綴《と》じてあった。〃未来のゆめ・なりたいもの〃と記されたその紙は、小学校時代の学級プリントだ。秋人が初めて「透明人間になりたい」と公言した時のものだった。ちなみに、同じページには桜子のコメントも載っていた。彼女の夢は〃おヨメさんになりたい〃だった。

なぜ今さらこんなものを？　秋人はプリントから顔を上げ、桜子に視線を戻す。

「子供の頃、秋人が言ったこと覚えてる？　透明人間になりたい理由は、スガタが見えなくても、自分を見つけてくれる人がいることを確かめたいからって言ったのよ」

桜子に言われるまで忘れていた。それは、透明人間話でクラスの笑い者になる以前、桜子だけに打ち明けたことだった。

「わたし……、あなたを見つけた。スガタが見えなくともあなたを見つけたわ。秋人が透明になってわたしを襲った時、ちゃんとあなたの目を見たでしょ？　なぜだかわかる？」

わかるはずもない。あの時秋人は完全に透明化していたのだから。そういう意味では、ナンバー21は完璧《かんぺき》だった。桜子以外の誰《だれ》も、透明化した彼と目を合わせた者はいない。

「なぜ？」

「きっと理屈じゃないのよ」

桜子が微笑む。それは梓も口にしていたセリフだった。だが、理屈ではないというのなら、いったいなぜ？　じっと見つめる秋人に、桜子ははにかんで囁《ささや》く。

「あなたが好きだから……、愛しているから……」

その甘く切ない響きが、秋人の渇いた胸に染み渡った。

「桜子？」

「わたし達、ずっと一緒にいたじゃない。これからだって、わたしは秋人の傍にずっといるわ。だから今日からは、わたしのために生きて……」

ああ、そうか。秋人は思った。思い残すことがないなんて、とんだ勘違いだった。目的はまだ達成されていない。いつの間にか彼は唯一究極の目的を見失っていたのだ。

込み上げる熱い想《おも》いに、目の前の笑顔が滲《にじ》む。

やっと少し思いだせた気がした。宝物のように思えるあの頃の日々を。秋人は常に欲していた。自分を愛してくれる存在として、自分が愛する存在として……。

秋人が一番求めていたもの、それは彼の生きる目的でもあった。

「桜子……」

頬《ほお》を伝う涙を拭《ぬぐ》いもせず、秋人は愛する者の笑顔をいつまでも眺めていた。


〈ＦＩＮ〉

あとがき

パラダイムノベルスの読者の皆さん、お元気ですか？　布施はるかです。

今回、ボク自身がまったくかかわっていない作品のノベライズ化に初めて挑戦させていただきました。ノベライズを執筆する時にいつも思うのですが、長大なテキスト量を有するシナリオをいかに小説として再構成するかは悩みのタネです。殊にゲームは、分岐ルートや複数のエンディングを含め、パッケージ全体に作品としての意味があります。その中で創り手は、様々なアプローチによってエンタテインメントを提供できる。実は、受け手側同様に送り手側も〝ｉｆ〟という可能性を堪能できるものだ。ボクはそう思うのです。そんなわけで、本作もまた読者の皆さんにとっての新たな〝ｉｆ〟として楽しんでいただけたのでしたら嬉しいのですが、いかがでしたでしょうか？

なお、ゲームの持つ小気味よいテンポの会話劇は、残念ながら限られた紙面上で再現することが難しく、メーカー様のご了承を得てこのようにまとめさせていただきました。また、物語のテーマ性を強調したかったものですから、一部のキャラクターを登場させることができず、彼女達のファンの方々にはゴメンナサイです。

貴重なご意見を下さったメーカー様及び編集部の皆さん、そして読者のあなたに感謝。

2001年10月　布施はるか

－スガタ－

2001年11月25日 初版第1刷発行

著　者　布施 はるか
原　作　May-Be SOFT
原　画　望月 望

発行人　久保田 裕
発行所　株式会社パラダイム
〒166-0011東京都杉並区梅里2-40-19
ワールドビル202
TEL03-5306-6921 FAX03-5306-6923

装　丁　林 雅之
印　刷　株式会社秀英

乱丁・落丁はお取り替えいたします。
定価はカバーに表示してあります。

〈パラダイムノベルス新刊予定〉

☆話題の作品がぞくぞく登場！

107.せ・ん・せ・い2

ディーオー　原作
安菜真壱　著

　秀一は現国教師の久美子に恋心を抱いていた。だが、彼女に結婚の話が持ち上がったとき、秀一の中で久美子を独りじめしたいという欲望がわき起こった。教師と生徒という一線を越え、久美子を隷属させるが…。

138.とってもフェロモン

トラヴュランス　原作
村上早紀　著

　拓也は親戚の家の洋菓子屋でアルバイト中。そこに異世界の魔法使い・シルクが現れ、拓也にフェロモンが増強する魔法をかけてしまう。おかげで名店街中の女性から迫られることに！

139. SPOT LIGHT

ブルーゲイル　原作
日輪哲也　著

芸能プロダクションを経営する父の再婚で、売り出し中アイドル・沙緒里の兄となった雅紀。自分を慕ってくれる沙緒里に雅紀も心ひかれてゆくが、華やかな芸能界の仮面の下で、渦巻く策謀に巻き込まれて…。

136. 学園 〜恥辱の図式〜

BISHOP　原作
三田村半月　著

自分の通う学園の理事長でもある父から、後継者として人の上に立つ資質を問われた雅樹は、その方法として学園の少女たちを隷属させることを思いつく。そして凌辱劇の幕があがる！

既刊ラインナップ

定価 各860円+税

1 悪夢 ～青い果実の散花～
2 脅迫
3 痕 ～きずあと～
4 慾 ～むさぼり～
5 黒の断章
6 淫従の堕天使
7 Esの方程式
8 歪み
9 悪夢 第二章
10 瑠璃色の雪
11 官能教習
12 復讐
13 淫Days
14 お兄ちゃんへ
15 緊縛の館
16 密猟区
17 淫内感染
18 月光獣
19 告白
20 Xchange
21 虜2
22 飼
23 迷子の気持ち
24 ナチュラル ～身も心も～
25 放課後はフィアンセ
26 骸 ～メスを狙う顎～
27 朧月都市
28 Shift!
29 いまじねぃしょんLOVE
30 ナチュラル ～アナザーストーリー～
31 キミにSteady
32 ディヴァイデッド
33 紅い瞳のセラフ

34 MIND
35 錬金術の娘
36 凌辱 ～好きですか？～
37 My dearアレながおじさん
38 狂＊師 ～ねらわれた制服～
39 UP!
40 魔薬
41 臨界点
42 絶望 ～青い果実の散花～
43 美しき獲物たちの学園 明日菜編
44 淫内感染 ～真夜中のナースコール～
45 MyGirl
46 面会謝絶
47 偽善
48 美しき獲物たちの学園 由利香編
49 せ・ん・せ・い
50 sonnet～心かさねて～
51 リトルMyメイド
52 flowers～ココロノハナ～
53 サナトリウム
54 はるあきふゆにないじかん
55 プレシャスLOVE
56 ときめきCheckin!
57 散櫻 ～禁断の血族～
58 Kanon～雪の少女～
59 セデュース ～誘惑～
60 RISE
61 虚像庭園～少女の散る場所～
62 終末の過ごし方
63 略奪～緊縛の館 完結編～
64 Touchme～恋のおくすり～
65 淫内感染2
66 加奈～いもうと～

67 PILE・DRIVER
68 Lipstick Adv.EX
69 Fresh!
70 脅迫～終わらない明日～
71 うつせみ
72 Xchange2
73 M.E.M.～汚された純潔～
74 Fu・shi・da・ra
75 絶望 ～第二章～
76 Kanon～笑顔の向こう側に～
77 ツグナヒ
78 ねがい
79 アルバムの中の微笑み
80 ハーレムレーサー
81 絶望 ～第三章～
82 淫内感染2～鳴り止まぬナースコール～
83 螺旋回廊
84 Kanon～少女の檻～
85 夜勤病棟
86 使用済～CONDOM～
87 真・瑠璃色の雪～ふりむけば隣に～
88 Treating 2U
89 尽くしてあげちゃう
90 Kanon～the fox and the grapes～
91 もう好きにしてください
92 同心～三姉妹のエチュード～
93 あめいろの季節
94 Kanon～日溜まりの街～
95 贖罪の教室
96 ナチュラル2 DUO 兄さまのそばに
97 帝都のユリ
98 Aries
99 LoveMate～恋のリハーサル～